Christof Hamann
Seegfrörne

Christof Hamann

Seegfrörne

Roman

Steidl

Der Autor bedankt sich beim Literarischen Colloquium Berlin, insbesondere bei Ursula Krechel und Dieter Stolz.

1. Auflage 2001

Umschlaggestaltung: Klaus Detjen

Satz, Druck, Bindung:
Steidl, Düstere Straße 4, D-37073 Göttingen
Printed in Germany
ISBN 3-88243-780-4

I

Wieder geht mit einem Schlag das Licht aus. Höfe schaltet die Taschenlampe ein. Ihr Strahl macht die Runde durchs Archiv. Gleicht dem Scheinwerfer eines Leuchtturms. S'isch alls do, du musches nu finde.

Mit diesen Worten, die Höfe nicht versteht, tastet sich Anton Herbstetter zur Tür vor und zieht sie hinter sich zu. Das Licht klettert über die Rücken der Ordner. Klebt für Augenblicke an der grob getünchten Wand. Da. Eine Spinne oder so. Der Strahl fährt zurück, aber vergeblich. Kein Tier mehr zu sehen. Weiter. Das Licht huscht über den Fußboden. Quadratische Linoleumplatten. Macht halt auf dem Schwanz von Max, kommt an Staubwolken vorbei.

Höfe schaut von den Höhen des Leuchtturms herab. Er hat eine Mütze auf, wie es sich gehört für einen Wächter der See. Das vom Licht ertappte Wasser. Der Scheinwerfer legt Kreise schäumender Wellen frei. Ruht sich einen Moment lang aus auf den Zacken ihrer Kronen. Dann schweift er zur nächsten Welle. Höfes Blick eilt den weißen Flecken hinterher. Nirgendwo erspäht er ein Schiff in Seenot. Einen Ertrinkenden. Direkt unter ihm kommt das Wasser immer näher, schwappt über den Strand und den lächerlichen Hügel, auf dem der Turm steht. Frißt sich seinen Weg nach oben. Höfes Blick bleibt nach vorne gerichtet, auf eine mögliche Rettung, auch dann, als die Wellen über ihm und dem Leuchtturm zusammenschlagen.

Die Neonröhre springt an. Höfe vor Mauern aus Ordnern. Auf ihren Rücken stehen groß und schwarz Jahreszahlen, darunter die Monate. In weiteren Regalen Pappkartons. Sie sind nur mit einer Zahl versehen. Der Strahl seiner Taschenlampe flirrt über Regale, Ordner und Kartons. Schwach, aber noch zu erkennen. Der vom Stromkasten zurückgekehrte Anton sagt: Mach mr mei Batterie it leer.

Von seinem Fleck, auf dem er ausgeharrt hat, bricht Höfe auf. An das Ende eines Regals, dorthin, wo das Neonlicht, auch wenn es funktioniert, spärlich hinfällt. Einen Pappkarton zieht er heraus und trägt ihn in den vorderen Teil des Archivs. An den gewaltigen Schreibtisch, bei dem Höfe sich fragt, wie er in den Keller geschafft worden ist. Anton weiß eine Antwort: Mir hond en zerleggt, als mern hergschafft hond. Er sei Weltmeister im Antworten. Darin stehe ihm Höfe sicher nicht nach. Zwei Weltmeister also. Bis auf den Schreibtisch, bis auf den Dialekt, bis auf das Archiv der Seegemeinde. Wo er sich auskenne wie ein Fuchs in seinem Bau.

Höfe streckt die Arme aus, ohne die Enden des Tischs zu erreichen. Linker und rechter Hand jeweils sechs Schubladen. Auf der Schreibtischfläche ein Aufsatz, mit vielen kleinen Fächern. Höfe zählt nach. Das ist der Weg, den bei mir die Vergangenheit geht, sagt Anton. Bei wichtigen Sätzen ist sein Hochdeutsch tadellos. Er sammle die Vergangenheit in Pappkartons. Alles Kraut und Rüben, nur die Jahreszahl müsse stimmen. Von den Kartons wandere sie weiter in die Schubladen unter dem Schreibtisch. Hier zählten die Monate, der Januar befinde sich oben links, der Dezember unten rechts. Anschließend werde sie auf die kleinen Fächer verteilt. Siesch, sagt Anton und zieht wahllos einige Schubladen heraus. Sechs Schubladen übereinander, Politik ganz unten, dann Landwirtschaft, Kultur, Vereine, Familiäres. Oben Vermischtes. Zwölf Reihen, Januar bis Dezember. Danach sei es ein leichtes, die Geschehnisse abzuheften. Bis zu seiner Pensionierung sei er kaum über die Pappkartons hinausgekommen. Auch für das aktuelle Jahr nicht. Seit er mehr Zeit habe, arbeite er sich immer weiter nach hinten durch. Die aktuellen Ereignisse lege er nebenbei ab. Direkt in die Ordner. Im Augenblick sei er dabei, 1966 auf die Fächer zu verteilen. Höfes Interesse beginnt und endet einige Jahre früher. Es gilt dem Pappkarton, der vor ihm steht. Dem von 1963.

Das jetzige Hochwasser komme unter Vermischtes, so Anton. Und die Seegfrörne falle, wenn sie an der Reihe sei, unter dieselbe Rubrik.

Die Fenster, die keine Fenster sind. Direkt unterhalb der Decke angebracht und mit einem Gitter versehen. Lichtschächte. Auffangbecken für den Regen. Sammelstelle für altes Laub. Das vom vorigen Herbst ist nicht entfernt worden. Aber wer schaut hier schon nach. Auf keinen Fall der Gemeindearbeiter, weiß Anton.

Zudem hat Höfe gelernt: Gingen die Fenster des Archivs nach vorne raus, in Richtung alte Hafenmauer und Schiffsanlegestelle, wäre das Gitter weiß gestrichen und nicht grau. Vom Laub wäre keine Spur. Anton: I sitz im hinterschde Loch. Höfe: Am Arsch der Welt. Doch beide wissen die Vorteile dieser Lage zu schätzen. Von aller Welt, insbesondere dem Bürgermeister und Frau Schwenk, unbeobachtet zu sein. Den Hund trotz der Verbotsschilder an den Rathaustüren mitnehmen zu können.

Max, ausgestreckt auf dem Linoleumboden, weiß von seinem Glück.

Wieder verschwindet Anton. Dieses Mal auf die Toilette. Höfe öffnet den Karton. Obenauf zwei Artikel, die aneinandergeheftet sind. *Donnerstag, 21. März 1963*, liest er.

Verschollen im Eis? Flugzeuge der Bundeswehr suchen Jugendlichen. – Seit Dienstag abend wird Robert Teiler vermißt. Der Junge, der an diesem Tag seinen sechzehnten Geburtstag feierte, wollte abends mit seinen Freunden Helmut Seidel und Willi Brito am See spazierengehen. Als er gegen 23 Uhr noch nicht zu Hause war, fragten die Eltern bei den Freunden nach, die erklärten, sich vor zwei Stunden von Robert getrennt zu haben. Daraufhin benachrichtigten die Eltern die örtliche Polizeidienststelle. Diese gab die Suchmeldung an Feuerwehr und Wasserschutzpolizei weiter aufgrund des Verdachts, daß Robert zurück an den See gegangen sein und sich aufs Eis hinausgewagt haben könnte. Der sehr starke Wind, der von Nordwesten nach Südosten wehte, hätte eine frei treibende Eisscholle schnell in Richtung Obersee bringen können. Mit Scheinwerfern und Leuchtpatronen wurde das offene Seegebiet abgesucht, ohne den Jugendlichen zu sichten. In der Nacht zum Mittwoch, gegen zwei Uhr, mußte die Suche ergebnislos abgebrochen werden.

Höfe fährt der Wind durchs Gesicht. Er steht am Bug des Polizeibootes. Sein Blick ist starr in die Dunkelheit gerichtet. Keine Eisscholle entgeht ihm. Neben ihm Max, ebenso aufmerksam. Anton ist nicht zu sehen, der muß am Ufer zugange sein. Dafür einige Polizisten, die hinter Höfe und dem Hund patrouillieren. Die mit den Händen ihre Schultern warmklopfen. Höfe: Bierbauch, grau die im Wind wehenden Haare. Max: Drei Beine und ein

Stumpf, verlotterter Schwanz, zersauste Ohren. Ihre Entschlossenheit strahlt übers Wasser. Beide sprängen ohne zu zögern hinein.

Am Mittwochmorgen, sofort bei Anbruch der Dämmerung, starteten vom Flugplatz Friedrichshafen-Löwental aus vier Hubschrauber und zwei Flugzeuge der Heeresfliegerstaffel 9 Friedrichshafen. Ein weiteres Flugzeug der Rettungsstaffel der Bundesluftwaffe aus Lechfeld traf ein, so daß insgesamt sieben Flugzeuge die Suche nach dem Vermißten durchführten. Bis zum Nachmittag blieb sie aber ohne Erfolg.

Höfe und Max haben Platz in einem Hubschrauber gefunden. Unter ihnen der Überlinger See: in der Mitte Scherben aus Eis. Aufgetürmt zu Haufen, die an gescheiterte Hoffnungen erinnern. Die beiden denken an eine Müllhalde, auf der Bulldozer ihre Arbeit verrichten. An vielen Stellen auf dem See Risse und Lücken, als hätte jemand seine Beherrschung verloren. Als hätte jemand mit Gewalt die Faust auf das Eis geschlagen. Dagegen die Ränder. Dort glitzert das Wasser in einem fort. Dieses Bild, vom Hubschrauber aus eingefangen, gleicht einem Spiel, das auch am Südpol stattfinden könnte. Nur die Pinguine fehlen. Dafür sind Lachmöwen da. Wie kleine Inseln treiben Eisschollen nebeneinander her, in immer neuen Formationen. Höfe würde Teiler entdecken. Würde aus dem Hubschrauber springen und zu ihm eilen. Max hinterher. Er würde auf der Scholle stehen und über das Wasser bellen. Der Junge liegt zusammengekauert da, dem Eis schon ähnlich. Die nächsten Bewegungen Höfes sind wie eine. Sein Ohr auf Teilers Brust. Wiederbelebungsversuche. Die kalten Arme hochheben. Pumpen. Nichts rührt sich. Oder doch? Ging da nicht ein Zittern durch den Brustkorb? Decken um Teiler schlagen.

Schnell. Die Bahre absetzen. Unter den leblosen Körper greifen. Schneller.

Freitag, 22. März 1963. Neue Spuren. Hat die Seegfrörne ein weiteres Opfer gefordert? – Der vermißte Robert Teiler ist immer noch nicht gefunden worden. Für die Polizei liegt der Verdacht nahe, daß die Seegfrörne ein weiteres Opfer gefordert hat. Gestern meldete sich ein Zeuge auf der zuständigen Polizeidienststelle. Er berichtete, am Abend des vergangenen Dienstag zunächst gegen 21.30 Uhr zwei Personen, später, um 22 Uhr, eine Person am Waschplatz gesehen zu haben. »Erkannt habe ich sie nicht. Dazu war es zu dunkel.« Wegen der Uhrzeit war sich der Zeuge absolut sicher. Seit fünf Jahren verlasse er bei jedem Wetter nach 21 Uhr sein Haus, um den Hund auszuführen, und komme gegen 22 Uhr wieder zurück.

Lockeres Aufnehmen der Zeugenaussage. Höfe, mit beiden Ohren im Gespräch, hat auch Augen für den Wachraum. Spärliche Einrichtung. Ein Stuhl auf jeder Seite des Schreibtischs. Regale mit Akten. Auf dem Fenstersims ein Kaktus und ein Wasserkocher. Der Kohleofen heizt den Raum auf. Der Zeuge hat seinen Mantel an die Garderobe gehängt, wenig später öffnet er die Weste. Vor ihm eine Tasse Nescafé. Eine Tüte mit Keksen. Der Beamte, über den Tisch gebeugt, schreibt. Er sagt: Na, das nenne ich neue Erkenntnisse.

Bei einer nochmaligen Vernehmung gab einer der beiden Jugendlichen, Willi Brito, zu, mit Robert noch einmal zum Waschplatz zurückgegangen zu sein. Robert habe sein Taschenmesser verloren, und er habe ihm angeboten, es gemeinsam zu suchen. »Ich bin, nachdem wir eine Zeitlang vergeblich gesucht haben, nach Hause gegangen. Robert wollte noch am See bleiben, weiter suchen.« Auf die Frage, weshalb er davon nicht sofort der Polizei berichtet habe, ant-

wortete Willi, er habe Angst gehabt, eines Vergehens beschuldigt zu werden. Er sagte auch, Robert habe an diesem Abend unbedingt auf das Eis hinausgehen wollen. »Helmut und ich haben uns aber nicht getraut.«

Dasselbe überheizte Zimmer. Verhörsituation. So funktioniert das in einem Kriminalfilm, denkt Höfe. Das Haar des Beamten ist eine frischgemähte Wiese. Seine Augen schwimmen im schwarzen Rahmen der Brille. Sein Zeigefinger drückt auf die Nasenspitze, sein Daumen stützt das Kinn. Der Beamte geht im Zimmer auf und ab. Vor dem Fenster bleibt er stehen, nimmt den Kaktus in die Hand, betrachtet ihn mit Ausdauer, als sei er ein Spiegel. Dann setzt er sich rittlings auf einen Stuhl und sieht seinem Gegenüber direkt ins Gesicht. Die Arme verschränkt er auf der Lehne. Ich weiß, daß Sie mehr wissen. Daß Sie mir etwas verbergen. Also noch einmal von vorne. Schön der Reihe nach erzählen.

Der Verantwortliche der Wasserschutzpolizei, Wolfgang Weil, teilte mit, die Suche werde in den nächsten Tagen fortgesetzt. »Wir versuchen alles.« Doch die Chancen, den Jugendlichen noch lebend anzutreffen, sind gering. Auf einer Eisscholle hätten ihn die Flugzeuge finden müssen. »Wahrscheinlich ist er ins Wasser gerutscht und ertrunken.«

Die Polizei konzentriert sich bei ihrer Suche jedoch nicht ausschließlich auf das Seegebiet. Weil räumt ein, der Verdacht, Teiler sei auf einer Eisscholle abgetrieben worden, könne sich auf keine handfesten Beweise stützen. »Genauso gut kann Teiler abgehauen sein, oder ihm ist sonst irgend etwas passiert. Genauso gut kann er sich in Luft aufgelöst haben.«

Sorgfältig ausgeschnitten, die Zeitungsartikel. Anton überläßt nichts dem Zufall, nicht einmal die Ränder einer

Zeitungsseite. Höfe wühlt im Karton. Dabei entdeckt er: Viehauktionen. In Orten, deren Namen Höfe nichts sagen, aber mit Kühen, die in der Seegemeinde aufgezogen wurden. Todesanzeigen. Ernteberichte. So viele Äpfel nach diesem Winter. Vereinsnachrichten. Vom Gesangverein, Kegelverein, Fußballverein, Seehasenverein. Dazwischen kommen zwei weitere Artikel über Teiler zum Vorschein.

Er will anfangen zu lesen, da hört er die Toilettenspülung. Kurz darauf fragt er Anton nach dem verschwundenen Jungen. Hier bei uns fangt so vill mit'm Tod a. Lueg nu. Er zieht die Schublade Familiäres auf. Nach schwerer Krankheit heimgegangen ins ewige Reich. Emma Beyerle 1934–1966. Es trauern Erwin Beyerle samt Familie. Dieser Beyerle, verschrien als Faulpelz, habe sich kurz nach dem Tod seiner ersten Frau wieder verheiratet. Eine gute Partie. Mit der Mitgift habe er sich einen lange Zeit florierenden Lebensmittelladen aufgebaut. Und hier. Meine geliebte Frau Franziska, 1911–1966, hat das Zeitliche gesegnet. Wann werde ich nachfolgen? In Trauer Hermann Honrath.

Dieser Honrath habe noch mehr als zwanzig Jahre gelebt und in dieser Zeit herzzerreißende Gedichte über Liebe und Tod verfaßt, von denen viele im wöchentlich erscheinenden Gemeindeblatt abgedruckt wurden. Anton holt weitere Artikel aus der Schublade. Alles Todesanzeigen. Der Bodensatz dann Taufen und Hochzeiten. Schon mehrfach habe er wegen der Toten einen neuen Ordner beginnen müssen.

Höfe fragt nach Robert Teiler. Ob etwas mit seinem Tod begonnen habe. Wenn'r etzt no am Läbbe wär, denn wär'r ungfär so alt wie du. E traurige Gschicht. In Höfes fragendes Gesicht hinein sagt Anton: Eine traurige Geschichte. Die paßt überhaupt nicht in deine Chronik.

Höfe ahnt schon, daß sie passen wird. Daß sie unerläßlich sein wird für die Chronik der Seegemeinde. Sie wird sein Faden sein. Der sich dann durch Rosen, Bücher, Abende, Misthaufen, Liebschaften, Tote, Bäume zieht. Er wird ihn sich herholen, diesen Jungen, der im Moment nicht mehr ist als ein paar Blätter Papier aus einer Lokalzeitung. Er sei für die Chronik zuständig, sagt er. Und Anton für das Archiv.

I muß jetzt mit'm Hund naus. Wenn n'Kaffe widsch, do hinte stoht alls.

Höfe setzt einen Kaffee auf. Er nimmt sich die nächsten Artikel vor.

Samstag, 22. März 1964. Gedenkgottesdienst für Robert Teiler. – Vor einem Jahr ist ein Mitglied der Seegemeinde, Robert Teiler, spurlos verschwunden. Es war sein sechzehnter Geburtstag. Vieles deutete darauf hin, daß der Jugendliche der Seegfrörne zum Opfer gefallen ist, doch endgültige Beweise ließen sich nicht finden. Gestern abend fand in der überfüllten katholischen Pfarrkirche ein Gottesdienst für den Verstorbenen statt.

Wie doch die Zeit vergeht, flüstert Höfe Anton bei einem Lied zu. Dicht an dicht stehen sie. Gerade noch hätten sie den Teiler gesucht, wie einen, der aus dem Blickfeld verschwunden sei. Dem man aber nur ein Stückchen hinterhergehen müsse. Da sei er dann wieder und man könne mit ihm weiterleben. Heute jedoch sei die Erinnerung bereits verblaßt. Die Haare des Jungen. Waren sie schulterlang? Blond oder eher braun? Fielen ihm Strähnen ins Gesicht? Seine Nase. War sie platt oder stand sie schmal nach vorne? Anton unterbricht seinen

Gesang. Fällt Höfe ins Wort. Alle denked etzt ann'en. Und des wird sich i'de nägschde Zeit it ändere.

In seiner Ansprache hob Bürgermeister Kluge hervor, daß sich bei aller tiefen Trauer, die dieser Tod in den Bewohnern des Ortes ausgelöst habe, auch gezeigt habe, daß sie eine Gemeinde seien. Der soeben zum Direktor der Grund- und Hauptschule ernannte Anton Herbstetter versicherte den Familienangehörigen: »Ihr Robert wird immer einen Platz in unseren Herzen haben.«

Die Glocken läuten. Höfe kniet, sitzt und steht. In den Fürbitten kommen die Toten nicht zu kurz. Der Bürgermeister löst sich aus der Menge der Trauernden. Der Priester hält einen Kelch in die Höhe. Höfe schüttelt den Eltern des verschwundenen Jungen die Hand. Er erfährt, daß sie einen heruntergewirtschafteten Bauernhof übernommen haben. Daß sie sich auf Viehzucht spezialisieren wollen. In erster Linie Geflügel. Sie waren Ende des vergangenen Jahres weggezogen aus der Gemeinde, sie wollten an einem anderen Ort neu anfangen. Hier, so sagten sie nach dem Gottesdienst, erinnerte uns einfach zuviel an unseren Jungen.

Höfes Kaffee ist kalt geworden. Er schüttet den Rest aus, holt sich einen neuen. Vor dem Fenster das Frühjahr. Im Wind waagrecht stehende Fahnen. Aufgeschichtete Sandsäcke. Wolken, in denen der Regen wartet. Die Kruste des Sees. Höfe will hinausgehen und an ihr kratzen. Eine Möwe ist schneller. Sie treibt für einen Augenblick einen glatten Keil in die rauhe Oberfläche. Ob er Zeit habe, den Keller zu besichtigen. Anton Herbstetter klopft nicht an, der ist hier im Rathaus in jedem Zimmer zu Hause.

Die beiden steigen die Treppen hinab. Auf dem Weg nach unten muß Höfe sich sagen lassen, daß er den zweiten Schritt vor dem ersten habe machen wollen. Der erste Schritt bei jeder Chronik müsse der Gang ins Archiv sein. Daß Höfe erst vor ein paar Tagen in der Seegemeinde angekommen ist, läßt Anton nicht gelten. Wohnung einrichten. Erste Besorgungen machen. Das hätte ihn nicht daran gehindert. I werrs dir scho zoge.

Die beiden steigen über Sandsäcke. Anton zeigt auf die Toilette. Die Toilette sei seit ein paar Tagen ein einziger Schweinestall, seitdem sich der Gemeindearbeiter hier unten zu schaffen mache. Schon mehrfach habe er dem Mistkerl gesagt, er solle seine schmutzigen Stiefel im vorderen Teil des Kellers ausziehen, wenn er die Toilette benützen müsse, aber bisher sei er rücksichtslos jedesmal in den Stiefeln nach hinten gelaufen.

Anton drückt auf den Lichtschalter und die beiden stehen im Dunkeln. Hier, nimm Daschelamp. Bin glei wider do. So isch des scho, seit d'Überschwemmung losgange isch. Hinte bim Sicherungskaschde isch es einfach z'nass.

Zurück vom Sicherungskasten, zieht sich Anton einen Stuhl an den Schreibtisch. An dem Höfe bereits sitzt. Mit den Händen in den Fächern des Aufsatzes. Daneben liegt Max, der die Ausnahme von der Regel bildet: Wir warten draußen. Er macht sich an seinem eingewickelten Stumpf zu schaffen. Später dann: Morgentoilette.

Zwei haben sich gefunden. Sie sitzen und reden. Sie zitieren. Sie gehen ein wenig hin und her.

Wieder geht mit einem Schlag das Licht aus. Höfe schaltet die Taschenlampe ein. Ihr Strahl macht die Runde durchs Archiv. Gleicht dem Scheinwerfer eines Leuchtturms. S'isch alls do, du musches nu finde. Höfe bittet um eine Übersetzung. Es ist alles da und irgendwas wirst du schon finden, sagt Anton.

2

Höfe verlangsamt das Tempo. Biegt auf den nächsten Parkplatz ab. Die Klofrau sitzt strickend vor einem Teller mit Groschen. Kurz vor Höfe sind mehrere Busse angekommen. Auch vor den Pissoirs hat sich eine Schlange gebildet. Höfe sieht Männer in Reih und Glied vor den schwimmbadblauen Kacheln. Ihre leicht gespreizten Beine. Das ruckartige Vorbeugen der Oberkörper, bevor die Hosen zugeknöpft werden. Die können's alle nicht, hört er von draußen, am besten, man geht alle paar Stunden mit dem Schlauch durch. Das sei seine Geschwindigkeit, sagt sich Höfe, während er vor den Kacheln steht und sein Urin nach unten tröpfelt.

Auf der Autobahn. Die Landkarte liegt neben ihm auf dem Beifahrersitz. Wenn er sich zur Seite beugt, immer mal wieder und unnötigerweise, erinnert er sich an den Film Ein wahres Verbrechen. Ein Verbrechen ist geschehen. Die Wahrheit soll herausgefunden werden. Sie wird gefunden. In letzter Minute. Er erinnert sich an den Film, in dem sich eine Auto fahrende junge Frau leicht zur Seite beugt, um im Radio nach einem guten Sender zu suchen.

Der schlechte Empfang.

Der Regen, der hart auf die Scheiben schlägt.

Die Kurve, an der sie geradeaus fährt und mitten hinein in einen am Straßenrand stehenden Lastwagen. Die Kurve wird im Verlauf des Films immer wieder Die Todeskurve genannt. Sofort tot, sagte er damals, obwohl der Film nur einen Blick von außen auf das zusammengedrückte Auto gestattete. Sofort tot, sagt er jetzt. Es regnet nicht.

Blau ist der Himmel. Die wenigen Wolken sind Boote, unterwegs aus reinem Vergnügen und ohne die Absicht, einen Hafen anzusteuern.

Der verlebte Held des Films, ein ausgebuffter Journalist, gibt sich die Schuld, daß er die junge Frau nach einigen Runden Alkohol nicht selbst nach Hause gebracht hat. Aber das Leben geht weiter und der Held an die Arbeit. Eineinhalb Stunden und ein paar Minuten später nimmt er die Todeskurve mit Bravour und rettet dadurch einem in der Todeszelle sitzenden Schwarzen das Leben. Der Schwarze und seine Frau und seine Tochter kaufen am Ende des Films gemeinsam viele Geschenke ein. Der Held sagt, er sei der Weihnachtsmann. Das ließe sich als Botschaft verkünden, keine frohe, eine nachdenkliche. Die zu Spaziergängen aufruft und zum Grübeln bei Kerzenlicht.

Höfe hat keinen Unfall, noch weniger eine Botschaft. Höfe hat eine Panne. Die Tachonadel steht nicht mehr auf 90, das Licht der Temperaturanzeige blinkt wild. An der Ausfahrt Donaueschingen verläßt Höfe die Autobahn. An der Tankstelle heißt es, wir müssen einen neuen Kühler anfordern. Das kann ein zwei Tage dauern. Wir können Ihnen einen Wagen leihen, heißt es, oder Sie nehmen den Zug. Höfe entscheidet sich für den Zug.

Höfe überfliegt zum wiederholten Mal den Brief. Abgeknickte Ecken. Essensspuren. Sie fahren auf der A 81 bis zur Ausfahrt Stockach Ost, dort finden Sie unseren Ort angeschrieben. Von der Ausfahrt sind es noch fünf Kilometer.

Das hat sich erübrigt.

Von der Person, die mit i.A. Müller unterzeichnet hatte, war noch ein Prospekt beigelegt worden. Herzlich willkommen am Bodensee. In der Natur ist alles Leben miteinander verbunden. Heute im Einklang mit gestern – das ist Kultur.

Als ob er sich nach einer Ferienwohnung umschauen wollte. Als ob er sich dort für einige Wochen entspannen wollte.

Alles, was das Herz. Den Liegestuhl auf der Terrasse auseinanderklappen, die Sonnenbrille überziehen, Sonnenöl auftragen. Schlafen, der Prospekt liegt auf dem Bauch. Die Seele mal so richtig. In die Badelatschen. Pack die Badehose. Mit kräftigen Zügen hinauskraulen, in die Sonne blinzeln, auf den Rücken drehen, toter Mann. Zügig die schmale Leiter eines Sprungturms hinaufklettern. Die Hände auf dem Geländer aufstützen. Kopfsprung, der Applaus. Sich fit und frisch machen fürs ganze. Das kann man bei uns. So richtig regenerieren. Ob beim Wandern oder Angeln, Surfen oder. Hier wird alles geboten, für Naturliebhaber, Sportasse und solche, die es werden wollen.

Die Wanderschuhe schnüren, den Rucksack aufschnallen, über die Hügel ziehen. Im Frühtau zu Berge. Den anderen einen Guten Tag wünschen. Auf einem der Hügel die Arme hochstrecken und den lieben Gott einen lieben Gott sein lassen. Die Ruine Alt-Bodman ist immer wieder ein Erlebnis für jung und alt. Von hier hat man eine fantastische Aussicht.

Bahnhofsgaststätte Donaueschingen.

Vor Höfe ausgefaltet liegt die Zeitung vom Tage. *Dienstag, 25. Mai 1999. Der Südkurier. Unabhängige Tageszeitung in*

Baden-Württemberg steht ihr auf die Stirn gedruckt. Der Leser hat die Möglichkeit, mit ihr in diesen Monaten eine Schnapszahl zu feiern. Diese seit fünfundfünfzig Jahren die kleinen und großen Geschehnisse begleitende Zeitung schreibt über den Bodensee: *Jahrhundert-Hochwasser hält See-Orte in Atem. Die sintflutartigen Regenfälle bei gleichzeitiger Schneeschmelze in den Alpen haben am Bodensee zu einem Hochwasser größten Ausmaßes geführt. Schlimm sieht es in den tiefergelegenen Regionen aus, wo der See vor allem von den Uferanlagen Besitz ergriffen hat.*

Seine Kartoffelsuppe wird kalt. Schlieren auf der dunkelbraunen Oberfläche. Neben ihm toben Kinder, denen der Rotz aus der Nase läuft. Ein Mann sagt: Sehen Sie nur. Er sagt es nicht zu ihm, er sagt es zur Bedienung, die Gulasch mit Nudeln aufträgt. Die mit großen Augen auf Höfe schaut.

Höfe läßt den Rotz Rotz sein, er läßt den Mann reden, er läßt die Kassiererin lachen. Die Kinder, der Mann, die Bedienung. Namen sind schnell da. Die Kinder heißen Martin und Ernst, der Mann Rudolf, genannt Rudi, die Frau Sieglinde. Alle zusammen heißen sie Meier und sie wohnen in einem schönen Haus in einer kleinen Stadt. Martin und Ernst gehen Arm in Arm aus dem Haus, Sieglinde ruft, macht mir keine Dummheiten, und winkt mit ihrem gebrauchten Taschentuch zum Küchenfenster hinaus. Im Wohnzimmer ist Rudi zu sehen, wie er sich zurücklehnt in die Couch.

Im Fernseher wird Familie Meier vorgestellt, ein blondgelockter Moderator fragt, und wie fühlen Sie sich? Sehen Sie selbst, sagt Herr Meier und zieht zwei Fotos aus der Tasche, die auch schon, eins nach dem anderen, eingeblendet werden. Wenn's um Geld. Das Haus ist auf dem einen Foto abgebildet und auf dem anderen die gesamte Familie. Die lacht in die Kamera.

Höfe nickt allen zu, faltet seine Zeitung zusammen. Die kalte Suppe läßt er nicht stehen, löffelt sie aus, ohne eine Miene zu verziehen. Die Serviererin fragt er nach einem Telefon. Höfe wählt die Nummer des Rathauses der Seegemeinde, läßt dem Bürgermeister ausrichten, daß er eine Panne gehabt habe und mit dem Zug komme.

Donaueschingen. Geisingen. Engen. Singen. Die vulkanischen Höcker des Hegaus. Joseph Viktor von Scheffel. Düster ragt die Kuppe.

Höfe gegenüber sitzt eng umschlungen ein Paar. Ich würde aber lieber Chinesisch essen, sagt sie zu ihm. Abends sitzen die beiden vor einem in Aluminium gepackten chinesischen Essen. Sie essen knusprig geröstete Ente mit Ananas in einer süß-sauren Sauce, Hühnerbrustfilet Chop Suey, mild gebraten mit Sojasprossen, Broccoli, Maiskölbchen, Paprikaschoten, Chinakohl, Morcheln und Bambus. Sie unterbrechen ihr Essen ab und zu, um sich zu küssen. Es geht nichts über Fast Food vor dem Sex.

Auf der Toilette. Höfe hält sich am Griff fest. Die Hände wäscht er gründlich. Auf der Toilette hört Höfe die Schaffnerin. Sie muß Witze erzählen, denn in Abständen hört er immer wieder lautes Lachen.

Höfe schaut aus dem Fenster. Ein Fluß schlängelt sich durch die Landschaft. Im Fenster sieht er sich selbst, wie ausgedünnt, er sieht das Fenster der gegenüberliegenden Bankreihe. Darin Abbilder von Büschen und Bäumen. Höfe kann sich nicht entscheiden. Sein Blick eilt hin und her zwischen den Landschaften.

Der Brief, der ihm von der Seegemeinde zugeschickt worden war, garantiert ihm für die nächste Zeit ein festes Einkommen. Mit Aussicht auf Verlängerung der befristeten Stelle. Auf die Höfe spekuliert. Zwei Jahre sind besser als eines.

Im Vertrag heißt es: Der Arbeitnehmer verpflichtet sich, innerhalb des festgelegten Zeitraums in zehn großen Kapiteln eine Chronik über die Seegemeinde zu verfassen, von ihren Anfängen bis in die jüngste Gegenwart.

Jüngste Gegenwart heißt bei der Gemeinde 1963. Das Jahr der Seegfrörne. Höfe hatte dieses Wort lange betrachtet. War mit dem Finger darübergefahren.

Am Telefon hatte der Bürgermeister gesagt: Alles andere liegt in Ihrer Hand. Für 1963 haben wir uns entschieden, der Gemeinderat und ich. Der Bürgermeister hatte dann eine lange Pause gemacht, Höfe hatte ihn atmen gehört. Wir haben dieses Jahr gewählt, weil die Seegfrörne den, wie soll ich sagen, vorläufigen Höhepunkt in der Geschichte unserer Gemeinde bildet und die Chronik würdig abschließt. Sie wissen schon. Verbindung, Grenzen überschreiten. Über das Eis schlittern, in andere Gemeinden, in andere Länder. Sie bekommen das hin. Da bin ich mir sicher.

Höfe hatte genickt und nachgeschaut, das Wort Seegfrörne stand nicht in seinem Wörterbuch der deutschen Sprache. Auch im Grimm suchte er vergebens.

Mit 63 soll er aufhören.

Mit 63 will er anfangen.

Auf eine entsprechende Frage würde er antworten, daß er mit dem Einfachen anfange. Mit der Geschichte, die noch keine Vergangenheit sei.

Das Paar verhakt die Hände ineinander. Der Mann zieht, die Frau zieht, beinahe fällt der Mann von der Bank.

In Immendingen, hört Höfe aus einem Lautsprecher, hätte er auch einen Zug nach Tuttlingen nehmen können. Er fragt sich, ob er eine Gelegenheit verpaßt hat. In Engen wirbt der Arsch einer Kuh für Bier. Jetzt also kommt das Land. Von Engen aus hätte Höfe nach Rorschach fahren können.

Höfe zieht eine zerknitterte Sonderbeilage des Südkurier aus seinem Koffer. Das große Eis, heißt es dort. 1963. Die längste Bodensee-Gfrörne seit Menschengedenken. 52 Seiten Bilder und Text.

Die Begrüßungsworte könnten vom Bürgermeister stammen. Prozessionen wurden abgehalten, Freundlichkeiten bezeigt, herzliche Willkommensworte gewechselt, Gedanken ausgetauscht. Der See, der sonst trotz aller Möglichkeiten neuzeitlicher Technik die Ufer voneinander fernhält, wurde zur Brücke zwischen Menschen und Ländern. Selten je wurde so stark offenbar, wie nahe sich die Völker an seinen Ufern sind, wie leicht sie sich ihrer Gemeinsamkeiten bewußt werden.

Seegfrörne, das Wort läßt Bilder aus Filmen aufsteigen. In einem treibt ein Toter knapp unter dem Eis im Wasser. Auf dem Eis steht ein noch Lebender und schaut ihm direkt ins Gesicht. Der steckte mit dem Teufel im Bunde, erinnert sich Höfe. In einem anderen hat sich der Held unter einer Eisscholle im Wasser versteckt und bricht daraus hervor. In solchen Filmen heißt der Schauspieler Sylvester Stallone.

Höfe hätte auch eine Chronik über die Bewässerungsanlagen des Hertener Schlosses geschrieben. Über eine

Reliquie, die in der Sakristei einer Kapelle im Bayerischen Wald gefunden worden war. Er hätte die Genealogie eines neumärkischen Adelsgeschlechts verfaßt, das auf der Suche nach seinen Wurzeln ist. Er schreibt über das, was ihm aufgetragen wird.

Der Zug hält. Das Liebespaar ist nicht mehr zu sehen. Das Liebespaar hat gleich nach der Ansage Nächster Halt Singen Hohentwiel Sie haben Anschluß nach Gottmadingen Waldshut Basel die Rucksäcke aus der Ablage geholt.

Vom Radolfzeller Bahnhof aus sieht Höfe zum ersten Mal den See. Bäume versinken im Wasser, Bänke versinken im Wasser. Höfe bleibt keine Zeit, er nimmt seine Koffer. Von Gleis sechs hetzt er zum Gleis vier.

Sind Sie auf Urlaub hier? Nehmen Sie etwas von der Schokolade. Was lesen Sie da?

Ich kann mich genau an die Zeit erinnern. Als wäre es gestern gewesen. Der Untersee war wie immer schneller. Wenn es ans Zufrieren geht, hätte jeder andere Seeabschnitt gegen den Untersee das Nachsehen.

Während Höfe kaut, betrachtet er die übers Abteil verteilte Gruppe, die spitzkriegt, daß dort einer sitzt, der zuhört. Diese Kälte damals hätte die Belchenjagd gründlichst verdorben. Anfang Dezember bereits und dann erst recht im Januar. Damit er's wisse, Belchen hießen bei ihnen die Bläßhühner. Die Bläßhühner ernährten sich im Winter von Dreikantmuscheln, im Sommer von Teichfäden.

Heute sei das sowieso vorbei.

Vor mehr als zehn Jahren sei den Belchenjägern gesagt worden, jetzt hat sich's ausgetötet. Sie seien als Belchenschlächter abgestempelt worden. Mit den Fingern hätte man auf sie gezeigt. Dabei hätten sie, ein paar Schweizer und ein paar Deutsche vom Untersee, ihre Berechtigung für die Jagd aus jahrhundertealten Privilegien herleiten können. Was sie auch taten. Den Kritikern hätten sie sämtliche Berechtigungen unter die Nase gehalten, aber dafür nur Hohn und Spott geerntet. Der Redner wird unterbrochen, weil ein anderer einen Vorteil nicht unter den Tisch gefallen wissen will. Aber damals haben wir Belchenjäger uns näher kennengelernt. Was Sie jetzt machten, fragt Höfe. Jetzt gehen wir wandern und beobachten Belchen und andere Vögel durchs Fernglas. In erster Linie Lachmöwen und Höckerschwäne.

Die Ex-Belchenjäger-Gruppe singt ein Jagdlied. Eine Frau aus der Gruppe schießt den Vogel ab. Sie steht, während die anderen sitzen, und singt einen Ton nach dem anderen falsch. Da kann man nichts machen, sagt Höfes Gegenüber mit einer wegwerfenden Handbewegung. Ein älterer Herr mit nach oben spitz zulaufendem Hut ist es. Auf dem Hut drängt sich ein Jagdabzeichen an das andere. Wenn er das s spricht, spuckt er, die Spucke trifft Höfe.

Sehen Sie die Kapelle dort drüben? Ein weißer Fleck im grünen Schoß der Wiese. Höfe läuft schon, nimmt eine Serpentine nach der anderen. Oben mit nasser Stirn angekommen, nimmt ihn der Herr aus dem Zug zur Seite. Die anderen haben schon angefangen. Kommen Sie. Sie betreten die Kapelle, Höfe reiht sich ohne mit der Wimper zu zucken ein, singt das Jagdlied mit. Es blies ein Jäger wohl in sein Horn, wohl in sein Horn, und alles, was er blies, das war verlorn. Hopsasa, trarararа! Und alles, was er blies, das war verlorn.

Die Ex-Belchenjäger-Gruppe ist da, die Schaffnerin ist da, das Pärchen ist da, Höfe paßt dazu, als hätte er wie die anderen eine Jubiläumsnadel am Revers heften. Belchenjäger 1960–1985.

Der Schatten des Zuges endet an der Grasnarbe, manchmal schwappt er drüber.

Nächster Halt.

Das Frühjahr sitzt in den Bäumen, als Höfe aus dem Zug steigt. Blüten. Ein Grün wie frisch gestrichen. Aus dem Süden heimgekehrte Vögel. Mit seinen Koffern stellt Höfe sich in Wind und Regen vor das Bahnhofsgebäude. Der vom See herweht und ihn umspült mit modrigem Geruch. 398 m über dem Meeresspiegel. Die ebenfalls ausgestiegene Wandergruppe kreist um den Herrn, der seinen nach oben spitz zulaufenden Hut schwenkt und vernehmlich ruft: Auf geht's.

Sind Sie Herr Höfe? Höfe wendet sich nach rechts, sieht einen Mann mit aufgespanntem Schirm auf sich zukommen, unter dem zwei Menschen bequem Platz finden. Willkommen an der Riviera Deutschlands. Ich bin der Bürgermeister. Sie Pechvogel. Geben Sie die Koffer am Schalter ab. Kommen Sie. Natürlich nur, wenn Sie nicht zu müde sind. Das Rathaus ist nur wenige Schritte entfernt.

Der Bürgermeister hat ein im Sonnenstudio gereiftes Gesicht und Koteletten. Immer wieder hebt er seinen linken Arm leicht in die Höhe, während er Höfe Informationen serviert wie auf einem Tablett. Dies ist das Restaurant Adler, dort müssen sie den Keller auspumpen, dies ist das Restaurant Hafen von Piräus ehemals Zum Hafen ehemals Hafengrill, dies ist die alte Hafenmauer, gebaut

1824 bis 26. Während sein Arm verkündet: Hören Sie nicht auf mich. Schauen Sie sich um. Kann ich nicht stolz darauf sein?

Ein Luftballon fliegt in einiger Höhe an ihnen vorbei. Eine Schnur hängt daran und eine Karte. Das Überbleibsel eines Maifestes.

Höfe steht abseits.

Die Gesichter der Kapellenmitglieder, vereint im Schweiß. Sie spielen zum Tanz auf. Die Trompeter trompeten, die Klarinettisten blasen, der Trommler trommelt, der Dirigent schwingt den Taktstock. Fettgeruch von Anfang an, von Anfang an auch der Gestank von Erbrochenem.

Höfe hält sich mit einem Taschentuch die Nase zu.

Biertische und Bierbänke, die sich biegen unter dem Gewicht. Prost, laßt die Gläser klingen. So jung kommen wir nicht mehr zusammen. Der Nachbar hakt sich beim Nachbarn unter, lehnt sich zur einen Seite, zur anderen. Marmor, Stein und Eisen bricht.

Kennen wir uns?

Ich kenne dich nicht.

Laß uns tanzen.

Laß dich umarmen.

Laß uns ans Ufer gehen.

Auf der Tanzfläche ist der Teufel los. Die Tänzer wirbeln die Tänzerinnen durch die Luft, gewirbelt wird im Takt von Stop in the Name of Love. Ans Ufer wird geschwankt, die Hosen werden heruntergelassen, die Röcke hochgeschoben. Auf dem See schwimmen Pappteller.

Höfes Blick geht nach oben, in den klaren Himmel. Dann zurück auf die wieder zum Fest Eilenden. Er hält die Karte eng vor seine Brille. Wenn Du diese Karte findest, schicke sie bitte an mich zurück. Sebastian Mayer, Laufweg 18, 88662 Überlingen. Dein Sebastian.

Höfe sieht die ungeschickt hingekritzelten Buchstaben, sieht, wie sie sich von der Karte lösen und zu einem Jungen zusammensetzen, der freundlich die Hand nach ihm ausstreckt. Kurze Hose, darunter stramm und bleich zwei Beine. Ein T-Shirt, auf dem steht: Come together. Zeig mir deine Zähne, Sebastian. Lach ein wenig. Höfe greift nach der Hand. So beginnt eine Freundschaft.

Einen Augenblick lang vermißt Höfe nichts.

Der Luftballon fliegt weiter. Knapp streift er den Wipfel einer Pappel.

Sie bleiben vor einem Flieder stehen, an dem sich noch ein paar Blüten halten. Wenn der weiße Flieder wieder. Sofort hat er das Lied im Kopf, sofort summt er das Lied vor sich hin, nicht zu laut. Der Bürgermeister hört es und dreht sich nach ihm um.

Da haben Sie also auf Umwegen zu uns gefunden, sagt der Bürgermeister. Höfe kann nur nicken und räuspert sich grob, als ob ihm beim Summen des Fliederliedes ein zwei Töne im Hals steckengeblieben wären.

Groß ist der Bürgermeister, mindestens einen Kopf größer als Höfe. Von oben schaut er ihn an.

Sie sehen, wir mußten es einmauern. Sie stehen neben dem Rathaus, einst das Großherzoglich Badische Hauptzollamtsgebäude, Höfes künftiger Arbeitsplatz. Höfe, beide Ellenbogen aufgestützt, am Schreibtisch sitzend. Höfe, den Gang hinunter zum Kaffeeautomaten schlurfend. Höfe, nach links und rechts grüßend. Der anwesende Höfe. Der abwesende Höfe. Höfe ist nicht da, er sitzt im Archiv unten im Keller, er ist pinkeln, er ist in Sachen Seegfrörne unterwegs, er macht Mittagspause.

Der See liegt da ohne jede Regung. Wie sorgfältig ausgeschüttelt und an den Enden glattgezogen. Im Fernsehen wurden Bilder von ihm gezeigt, im Radio allein seinetwegen Interviews geführt, in den Zeitungen wurde der Aufwand von Sonderseiten nicht gescheut. Als wäre er seit Pfingsten nicht für eine Schlagzeile nach der anderen gut gewesen. Als wären nicht alle seinetwegen aufgeregt. Höfe sieht zu. Eine Menschentraube hängt am morastigen Ufer. Zieht sich nach hinten zurück. Drängt wieder nach vorn. Kommt nicht zur Ruhe. Höfe sieht zu, wie immer mehr Menschen aus allen Richtungen gelaufen kommen. Ab und zu fällt ein Mensch ab. Rollt ins Gebüsch. Landet auf einer Parkbank.

Über die Ufer ist er bereits letzte Woche getreten. Wenn es so weitergeht, gelangen wir zu unserer Arbeit demnächst nur noch auf dem Seeweg, hört Höfe. Was er dann vorziehe. Ein Schlauchboot. Ein Ruderboot. Ein Motorboot. Ein Segelboot. Jedenfalls besteht an Booten kein Mangel.

Und er wird noch weiter steigen, das sage ich Ihnen im Vertrauen und als absoluter Laie. Warten Sie, in ein paar Tagen wird das Motorboot Schwierigkeiten haben, die Fahrgäste an Bord zu bekommen. Sie wissen ja, wie der Winter war, sagt der Bürgermeister, und dann vor allem der Regen. Da wird noch einiges auf uns zukommen. Zur Zeit habe der See den Normalpegel um mehr als fünf Meter überschritten. 5 Meter und 65 Zentimeter seien es gestern gewesen, um genau zu sein.

Ich weiß das alles nur aus zweiter Hand. Ich bin einer wie Sie, von außerhalb. Der Bürgermeister lacht, aus Verlegenheit lacht Höfe mit.

Der Bürgermeister führt ihn flurauf flurab durch das ehemalige Zollamt. Die einst zur Obstlagerung genutzte Halle, die sich anschließt ans Zollamt, zeigt er ihm gleich mit. Zwei Fliegen, eine Klappe. Das Erdgeschoß dient der Unterhaltung: Hochzeiten und Frühschoppen. Der erste Stock ist für die Kunst. Die Bilder solle er sich in Ruhe anschauen.

Ich könnte Ihnen jetzt Daten und Namen nennen. Er nennt Daten. Er nennt Namen. Wie ein Wasserfall rauschen sie an Höfe vorbei. Er legt die Kleider ab, springt hinein, badet darin. Im Wasser stehend, nimmt er Wasser in die Hände und schleudert es nach oben.

Höfe nennt den Namen Mattes und die Jahreszahl 1838.

Bürgermeister König: Sie haben Ihre Hausaufgaben gemacht. Ich mußte mich auch mit der lokalen Geschichte beschäftigen. Das sorgte für Verbundenheit. Da hatte ich gleich einen Stein im Brett. Darf ich vorstellen, Frau Schwenk, Herr Höfe. Würden Sie uns bitte einen Kaffee bringen?

Frau Schwenk biegt um die Ecke.

Ihr Arbeitszimmer, sagt der Bürgermeister und klopft ihm auf die Schulter. Höfe setzt sich, wippt in seinem Drehstuhl nach hinten. Er zieht die Schubladen seines Schreibtischs auf. Schaltet den Computer ein und läßt ihn eingeschaltet. Hier Ihre Schlüssel. Ihre Pflanzen wird Frau Schwenk gießen.

Vor dem Zollhaus sieht Höfe eine Mauer aus Plastikplanen und Sandsäcken, einen halben Meter hoch. Dahinter liegt grau der See, aufgerauht vom Wind, unablässig gesprenkelt vom Regen. Ein einzelnes Ruderboot zieht vor der Hafenmauer einen Kreis nach dem anderen, als gehöre es zum See wie das Wetter. Der naßkalte Vorhang läßt den Wald und die Hügel auf der anderen Uferseite nur ahnen. Sie scheinen Höfe weit weg zu liegen. Als er auf sie zugeht, entschlossen, dort drüben ein paar Zweige von den Ästen zu reißen, keuchend auf einer Erhebung über das Land zu blicken, verschwinden Wald und Hügel ganz, und Höfe steht im Regen, durchnäßt, frierend.

Über den Bildschirmschoner läuft: Kleinod am Bodensee.

Wissen Sie, Ihre Vermieterin. Geschieht ein Unfall, erreicht Frau Müller den Unfallort vor dem Krankenwagen. Vor kurzem wurde sie abends vor ihrem Haus überfallen. Sie war nach draußen gegangen, um nachzuschauen, ob bei ihren Mietern das Licht brannte. Die Neugierde hat bereits manchen um sein Geld erleichtert. Sie werden schon sehen. Ich muß leiser sprechen, die Tochter sitzt nur zwei Zimmer weiter. Groß und preiswert ist die Wohnung in jedem Fall. Sie können den Garten mitbenutzen, hat Frau Müller gesagt.

Überhaupt werde er einiges sehen, sagt der Bürgermeister. Und hören natürlich. Das gehöre ja zu seinem Job.

Sie kennen die Ballade Der Reiter und der Bodensee? fragt der Bürgermeister. Dort wird es deutlich: Das Eis verbindet Faszination und Grauen, Lust und Angst, Risikofreude und Schrecken. Ich kann Ihnen den letzten Vers aufsagen. Da weint er, da fällt er vom Gaul hinab / Da ward ihm das Ufer ein feuchtes Grab. Anstatt glücklich zu sein, das andere Ufer erreicht zu haben, fällt er tot vom Pferd. Was sich der Schwab wohl dabei gedacht hat. Der Bürgermeister selbst weiß die Antwort: Der Schwab wollte die Leser fesseln, er wollte, daß sie die Köpfe zusammenstecken über ihren Stammtischen, daß der Reiter in ihren Betten und Träumen weiterreitet.

Höfe nickt dem Bürgermeister zu. Vor ihm haben sich gleich zwei Reiter wirkungsvoll in Pose gesetzt. Einer groß und schlank, einer klein und dick. Hoch zu Roß hören sie die Nachricht, daß sie gerade den zugefrorenen See überquert haben. Der Große faßt sich ans Herz, die Haare stehen ihm kerzengerade in die Höhe, ungeachtet der Kälte bricht ihm der Schweiß aus allen Poren, noch bevor er im Schnee anlangt, ist er tot. Der Kleine lacht, na und. Er steigt vom Pferd, er geht mit seinen Bekannten ins Wirtshaus.

Hier im Ort wohnt ein sogenannter Künstler. Seidel heißt der. Wenn Sie mich fragen, der ist pervers.

Dieser Seidel, erfährt Höfe, will eine Plastik vom Bodenseereiter in einem benachbarten Kurort aufstellen. In Überlingen. Ob Höfe wisse, wie der Reiter aussieht. Der Bürgermeister schüttelt energisch den Kopf. Er sei schon beim Anblick des Modells rot geworden. Er werde einen mit allen Wassern gewaschenen Leserbrief schreiben.

Höfe will mit der Seegfrörne anfangen.

Machen Sie mal.

Hinter der offenen Tür huscht eine Frau vorbei. Höfe steht auf. Jede Liebesgeschichte beginnt in den Augen. Sonja Ziemann und Rudolf Prack. Sie ist arm, aber hat sich vorgenommen, Sekretärin werden, er hat viel Geld, er kann den ganzen Tag hinter seinem Schreibtisch sitzen und den Sekretärinnen Wünsche von den Augen ablesen. Ideale Ausgangsposition. Als sie sich zum ersten Mal anschauen, hält die Kamera zuerst ihre strahlenden Augen fest, dann das pompös eingerichtete Zimmer des reichen

Unternehmers, das angesteckt vom Liebesblick zu leuchten beginnt. Das Leuchten ist so stark, daß eine Hochzeit unvermeidlich wird. Höfe steht auf, geht ein paar Schritte auf den Flur hinaus. Der Bürgermeister: Das ist Frau Müller, die Tochter Ihrer Vermieterin. Wenn Sie etwas benötigen, wird Sie sich darum kümmern.

D'Bürgermoschder hoßt Kennig, Kurt Kennig, sagt seine Vermieterin und rudert dabei mit ihren Armen, und meischdens dut'er au so als wär'er onner. Höfe, zwischen Tür und Angel der Wohnung von Frau Müller, gibt zu verstehen, daß er nicht folgen kann. Dabei isch er einiges jünger wie Sie und au nur in'em Dorf aufgwachse. Sie werred ja no viel mit ihm z'do ho. Sie werred scho sehe. Kummet Sie inne.

Er müsse entschuldigen, daß sie ihre Schürze anbehalte. Ihre Schürze schmücken große blasse Blumen, sie gleicht einer Blumenwiese, der der Regen die Farbe abgewaschen hat. Höfes Blick geht nach oben. Er starrt auf Frau Müllers Oberlippe. Ihre Hasenscharte. Die Oberlippe sieht aus, als hätte dort jemand mit allerhand Messern herumgeschnitten und dann die Stelle in aller Eile wieder zusammengeflickt. Frau Müller seufzt, weil Höfe penetrant diese Stelle zwischen Mund und Nase anstarrt. Sie seufzt in einem solch hohen Ton, andere müssen sich anstrengen, um dorthin zu kommen.

Demnächst komme ihre Tochter Margret von der Arbeit. Die auf dem Rathaus arbeite. Die Höfe sicher bereits kennengelernt habe. Höfe hält noch die Koffer in der Hand. Der neugierige Blick der Hauswirtin öffnet beide, und heraus fallen Unterhosen, Socken, Hemden, Hosen, Handtücher. Es könnte besser sein, es könnte schlechter sein. Kleider, die sich tragen lassen. Keiner dreht sich nach ihnen um.

Des Mittagessen isch fertig. Sie esset natürlich mit. Frau Müller macht jetzt Pausen zwischen ihren Worten, in denen ließe sich spazierengehen. S'gibt Bohne und Knepfle. Höfe beugt sich über die Schüssel, die auf dem Küchentisch steht. Sie enthält eine trübe Soße, in der Gemüsestücke wie tote Tiere treiben. Höfe kennt sie unter dem Namen Saubohnen.

Höfe ist freundlich, beantwortet Fragen.

Umziehen sei immer noch besser als lebenslang invalide.

Die Zeiten seien nicht gerade rosig.

Das Alter mache sich nun einmal bei jedem Menschen bemerkbar.

Zweiundfünfzig sei er.

Früher sei das alles anders gewesen.

Wer sich nicht selbst helfe, dem werde auch nicht geholfen.

Das Auto stehe in Donaueschingen.

Ein richtiges Zuhause zu haben, wo man jeden Abend die Beine unter den Tisch strecken kann, das sei schon was.

Er versuche möglichst neutral zu sein.

Er sammle nur die Geschehnisse.

Höfe wischt sich mit einer Serviette den Mund ab. Er hält schützend die Hände über seinen Teller, als Frau Müller nach dem Schöpflöffel greift.

Er habe den Film Die Fischerin vom Bodensee gesehen. Mehrmals bereits. Er kenne auch andere Filme vom Bodensee. Dieser Film aber habe ein Happy end, wie es sich angenehmer nicht wünschen ließe. Feuerwerk, Umarmungen und Mitgift. Auf dem Fahrgastschiff Zähringen fährt das Brautpaar Maria und Hans von Meersburg auf den See hinaus und tauscht die Ringe. Höfe fährt mit, läßt die Tage zuvor Revue passieren. Die Tage der Ungewißheit und des Zanks. Maria schreit Hans an: Dir kommt es nur darauf an, die kleinen Fischer zu ruinieren. Sie schließt ihn in seinem Büro ein. Hans brüllt zurück: Du Dickschädel. Stets geht es um Fische und um Fischrechte. Wenn sie sich nicht streiten, klettert Hans Maibäume rauf und runter. Wer nach ihm fragt, erhält zur Antwort: Wo soll der Hans scho sei. Der isch bei seine Fisch. Wenn sie sich nicht streiten, rudert Maria über den See oder hängt ihre Netze auf. Beeindruckend, wie sie mit den Netzen umzugehen weiß, erinnert sich Höfe an Bord der Zähringen, wo das Fest seinem Höhepunkt entgegensteuert. Wenn sie sich nicht streiten, singt das Sunshine Quartett vom Schwan, der einen Kahn zieht, und vom Abendrot. Lauter als das Quartett ist nur das Gewitter, das am Ende des Films über See und Maria hereinbricht. Blitz und Donner hin oder her, die Männer des Seenotrettungsdienstes erfüllen ihre Pflicht. Sie retten Maria, die trotz des Wetters wieder einmal auf den See hinaus gerudert ist. Hinter sich hört Höfe die Matrosen singen: Im Himmel gibt's kein Bier, drum trinken wir es hier.

Frau Müller hat den Film auch gesehen. Vor etlichen Jahren. Sie habe nicht verstanden, daß die Personen dort ständig ins Österreichische gefahren seien. So mir nix, dir nix. Wo doch Meersburg ziemlich weit weg isch von Öschderreich.

So sei das eben im Film.

Frau Müller: Was Sie it alles wissed.

Seine Hauswirtin atmet durch. Sie sei auch alleinstehend. Zweiundsechzig Jahre alt ist sie, hier in diesem Ort geboren und aufgewachsen. Ihr Mann vor mehr als zehn Jahren verstorben. Krebs. Mit sechzig. Viel zu jung, viel zu jung.

Di Jüngschd kennet Se. Sie kommt zum Essen nach Hause. Bald nicht mehr. Der Älteste wohne in Konstanz. Arbeite dort auf dem Finanzamt. Die andere Tochter habe es ins Ruhrgebiet verschlagen. Arbeite am Universitätsklinikum in Essen. Sie wird heiraten Ende Juli. Zum guten Glück hier unten. I hoff, mir werred no öfter mitenander schwetze kenne.

Höfe erkundigt sich nach der Seegfrörne.

Sie sagt, sie stehe ihm jederzeit zur Verfügung. Sie könne sich noch ganz genau an damals erinnern.

So lange kalt sei es noch nie am Stück gewesen. Mein Mann hot gsagt, sagt Frau Müller, mir friert de Rotz a de Nase feschd.

Wie ihm seine neue Wohnung gefalle, fragt Frau Müller. Höfe schaut nach draußen, während er antwortet. Bäume blühen im Garten, Höfe hätte zu gern gewußt, welche. Zwei Kinder klettern in den Ästen, schlagen mit sicherer Hand nach den Blüten. Sie sehen ihn oben am Fenster stehen. Das hält sie nicht zurück.

Eine Katze im Gras, das rechte Ohr scharf nach hinten gebogen. Sie hält nach Mäusen Ausschau. Wühlt in der Erde, steckt tief im Gras.

Bitte schließet se nach d'achte d'Haustürre ab. De Müll wird am Dienschdag ghollt.

Die Katze hat jetzt eine Maus in ihren Fängen, aber keinen Hunger. Die Maus bekommt einige Katzenlängen Vorsprung und wird eingeholt. Das wiederholt sich.

De gelbe Sack wird alle vierzehn Dag abgholt. Komposchd au. Sie brauchet sich aber it drum zu kümmre. I stell die Tonne vors Haus.

Die Katze ist jetzt ohne Gesellschaft, und Höfe könnte nicht sagen, wie das gekommen ist. So geht das in der Welt.

Rauchet Sie?

Höfe richtet sich in Gedanken die Wohnung ein. Die Räume sind so geschnitten, daß wenig Spielraum bleibt. Schlafzimmer. Der Abstand zwischen den Steckdosen läßt vermuten, daß hier ein Ehebett Platz hätte. Das Wohnzimmer mit dem Fernsehanschluß. Küche. Bad ohne Fenster.

Die Möbel hole er am Wochenende nach.

Höfe auf der Autobahn. Das Radio hat es schwer gegen den Fahrtlärm. Die Tachonadel steht auf 90. Höfes Fuß sitzt locker auf dem Gaspedal. Hier etwas sehen, dort etwas sehen. Alles sehen. Nichts sehen. Kirchtürme kommen und gehen. Wald, der an Wald grenzt. Hügel. Jeder eine Kopie des vorherigen. Von der Böschung halbierte Radfahrer einige Meter neben dem Seitenstreifen. Auf der Überholspur ist niemand zu erkennen. Höfe betätigt den Blinker. Er schert aus, zieht an ein, zwei, drei Lastwagen vorbei.

Höfe erinnert sich an Kowalski. Kowalski wettet, in fünfzehn Stunden fahre ich von Denver nach San Francisco. Er steigt in seinen weißen Dodge Challenger und gibt Gas. Da kommt er nicht drum herum, er muß alle Geschwindigkeitsbeschränkungen brechen. Speed hilft. Kowalskis metallenes Pferd, auf dem Weg nach Westen.

Jenseits dieses Films heißt Kowalski Barry Newman. In einem anderen Film heißt er Anthony J. Petrocelli, wohnt in einem Wohnwagen. Wenn er keinen Fall als Rechtsanwalt zu lösen hat, baut er ein Haus.

Rockmusik, das Brummen des Motors, verschwimmender Asphalt. Höfe brummt mit. Flashbacks zeigen Stücke seines Lebens. Kowalski war Soldat, Polizist, Rennfahrer. Der Polizeifunk gibt weitere Daten des Verbrechers durch.

Zwei Streifenpolizisten hängen sich an seine Stoßstange, bald landen sie im Staub der Straße. Ein Jaguar fordert den Dodge zum Rennen heraus, bald steckt er im Straßengraben. Die Polizei hat alle Hände voll zu tun. Wenn nicht verfolgt wird, werden Straßensperren aufgestcllt.

Da die Polizei nicht lockerläßt, rast Kowalski in die Wüste Nevadas. Er fährt im Kreis, stößt auf seine eigenen Spuren. An den Rat des blinden DJ erinnert sich Höfe genau. Solidarität der outcasts. Der DJ legt Soulmusik auf. Er sagt, du kannst alle besiegen, die Wüste kannst du nicht besiegen. Kowalski kehrt auf den Highway zurück.

Irgendwann sperren Bulldozer die Straße ab.

Kowalski lächelt, als er in sie hineinfährt. Höfe lächelt in den Rückspiegel, verlangsamt das Tempo, biegt auf den nächsten Parkplatz ab. Er geht ein paar Schritte in den Wald, auf einem Pfad, den schon viele vor ihm gegangen sind. Kaum finden seine Schuhe Platz zwischen Dosen, Zeitungspapier und Scheißhaufen. Das ist meine Geschwindigkeit, sagt sich Höfe, während sein Urin nach unten tröpfelt.

3

Höfe grüßt jeden, weil er von seiner Vermieterin gehört hat, das sei so üblich im Dorf. Hier heißt es statt Guten Tag Grüß Gott. Statt Auf Wiedersehen Ade. In einem Dorf hat jeder jeden zu kennen. Jeder muß wissen, was erlaubt ist und was nicht. Ein Balkon voller Wäsche an einem Sonntag schickt einen Schwung Stille Post auf die Reise. Bei Unterwäsche, Socken und Nachthemden versiegt die Post für Wochen nicht.

Höfes erste Tage in der Seegemeinde. Er wird unter die Lupe genommen. Er wird mit der Stillen Post kreuz und quer durchs Dorf geschickt. Die Post beginnt im Supermarkt am Ohr von Anton Herbstetter, zieht am Garten des Pfarrhauses entlang hinauf in das Oberdorf. Sie verharrt einige Minuten lang im Friseursalon Uhl in der Sernatingenstraße, wo Friseur Uhl sich über die Ohren seiner Kunden beugt, macht halt im Rathaus bei Frau Schwenk und gelangt von dort zum Kioskbesitzer. Bei den ersten Rundgängen kann Höfe einen Mund hinter vorgehaltener Hand sehen, die hochfährt und ihm zuwinkt. Zwei zusammengesteckte Köpfe, die zum freundlichen Grüß Gott auseinandereilen. Er stellt fest, wie reibungslos die Stille Post in der Seegemeinde funktioniert.

Ein Hund am Straßenrand. Seine Schnauze fährt mit solcher Kunst über den regennassen Asphalt, daß Höfe stehenbleibt. Drei Beine hat der Hund, das vierte Bein ist ein von Mull umwickelter Stumpf. Wenn er pinkelt, hebt er den Stumpf hoch. Der Hund schnüffelt vor sich hin, hinter ihm läuft ein Mann, der ruft: Max, des mues er sei, unser Dorfchronischd.

Max humpelt auf Höfe zu. Springt an ihm hoch und schnappt sich, um des Gleichgewichts willen, einen Ärmel von Höfes Jacke. Dort verharrt er, ungeachtet der immer lauter gerufenen Befehle des Mannes. Höfe schüttelt seinen Arm so lange, bis der Hund abfällt, mit einem Stück Stoff im Maul.

Er müsse entschuldigen. Aber er sage ihm, es habe Zeiten gegeben, da habe Max keinen an seinen Zähnen vorbeigelassen. Fremde könne er nicht leiden und keine Elstern. Gestatten, Anton, den Herbstetter kannst du dir sparen, ich kümmere mich um das Archiv hier im Ort.

Früher war er Lehrer. Nicht nur. Bald dann auch Direktor der Grund- und Hauptschule. Die Schüler springen auf, wenn der Direktor zur Tür hereinkommt. Sie rufen: Guten Morgen, Herr Direktor. Bis 1985. Seitdem Archivleiter.

Er könne nicht nur zu Hause sitzen und auf seine Frau achtgeben. Die ohnehin nie da sei. I werrs dir scho zoge. Verstehst du das? Ich kann auch anders. Bin zweisprachig.

Höfes erster Gang durch den Ort. Sein zweiter. Sein dritter. Die Hände faltet er auf dem Rücken. Das sieht zufrieden aus.

Frau Müller sagt zu ihm, wenn er wissen wolle, wie dieser Ort früher ausgesehen habe, müsse er im Kopf den Mehle-Brunnen am oberen Ende der Sernatingenstraße wegradieren und das dahinter in dem wuchtigen Haus gelegene Fotogeschäft gleich mit. Mehles seien die Bäcker im Ort gewesen, und obwohl hier das beste Brot weit und breit verkauft wurde, habe man ihnen, mit Vorliebe zur Fastnachtszeit, einen Spruch hinterhergeschickt, den sie an dieser Stelle nicht zu wiederholen wage. Höfe muß bitten und betteln. Im Eschpasinger Eck do wont de Mehle Beck, der streckt de Arsch zum Fenschter raus, mo mont es wär'n Weck, s'isch kon Weck, s'isch kon Weck, s'isch de Arsch vom Mehle Beck. Und gegenüber der Friseur Uhl, das sei die Dorfschmiede vom Dufner gewesen.

Die Tochter von Frau Müller sagt zu ihm, der Edeka habe früher Vivo geheißen und der Eingang war zur Hauptstraße hin. Dorthin sei sie mit der Milchkanne geschickt worden, ohne Streit. Denn sie habe nichts lieber getan als zuzuschauen, wie die Milch in die Kanne gepumpt wurde. Noch früher, aber das habe sie mit eigenen Augen nicht mehr gesehen, sei an genau dieser Stelle das Rathaus gestanden. Nicht nur das Rathaus, auch die Schule. Damals habe man für Milch und Brot auch auf die andere Seite der Hauptstraße gehen können, zum Erwin Beyerle. Bis vor wenigen Jahren. Da sei der Beyerle in Rente gegangen. Feinkost Beyerle könne Höfe da noch an der Hauswand lesen.

Anton sagt zu ihm, daß sie die Gaststätte Schiff dem Erdboden gleichgemacht hätten, habe er nur schwer verdauen können. Das Schiff sei sein allerliebstes Plätzchen im Ort gewesen. Do im Schiff, do war i dehom.

Die Bäckereiverkäuferin steht morgens mit verkniffenem Mund da und packt unter unverständlichem Grummeln Höfe die Brötchen in die Tüte. Nachmittags aber, wenn Höfe der Versuchung nicht widerstehen kann und sich ein Stück Torte holt, strahlt sie ihn an und zieht Erkundigungen ein. Es habe sich bereits herumgesprochen, daß er der Zuständige für die Chronik sei. Daß er bei Frau Müller eine Wohnung gefunden habe. Also ganz in der Nähe.

Der Kioskbesitzer zieht Höfe schon bei der ersten Bratwurst ins Vertrauen: I hab mol was andres mache mese. Absolvent der hiesigen Hauptschule, ausgebildet zum Elektriker, dann über mehrere Jahre hinweg Bademeister im ortszugehörigen Strandbad. Jetzt Besitzer eines zum Kiosk umgebauten Wohnwagens. Bisher sei das Geschäft gut angelaufen, sagt er zu Höfe. Wenn Höfe bestellt, liegen vier Würste auf dem Rost. Wenn er seine Wurst bezahlt hat, zieht der ehemalige Bademeister aus einem Plastikbehälter eine neue. Weshalb vier? erkundigt sich Höfe. Der Kioskbesitzer bekommt viel erzählt. Er will helfen. Wenn Se was wisse welled, au was Schlüpfriges, denn kummet Se zu mir.

Nach dem Essen schlendert Höfe auf die Hafenmauer hinaus, allerdings nicht ohne vorher einen Blick auf ein Plakat geworfen zu haben, das auf der linken Außenwand des Kiosks angebracht ist: Schätze vom Bodensee. Anton Herbstetter trägt Dichtungen von Wilhelm Schäfer vor. Samstag, 12. Juni 1999 um 20 Uhr in der ehemaligen Obsthalle. Die Hafenmauer ist eine Sackgasse zwischen Feldern aus Wasser. Stellenweise selbst ein Feld. Höfe springt über die Pfützen. Am toten Ende angekommen, hört er auf das Klickern der Masten, das Geschrei der Möwen. Er schaut zum Zollamt. Zu den Parkanlagen, aus deren einheitlichem Grau die Parkbänke rot herausleuchten. Zu den Tischen, die um den Kiosk herum einen Halbkreis bilden. Für die Rentner und Arbeitslosen, auch für die, denen eine kühle Dose Bier bereits am Vormittag schmeckt. An Pfingsten hätte der Kioskbesitzer beinahe einpacken können. Noch drei Zentimeter, und das Wasser wäre am Stromkasten gewesen. Er knetet seine Hände, und die sagen: Drei Zentimeter sind ein schwaches Polster.

Der Gemeindearbeiter, eben noch am Kiosk zu sehen, macht sich an den Sandsäcken zu schaffen. Ob er auch einer sei, der zu kommandieren habe, wird Höfe gefragt. Auf einen Chef mehr käme es ihm auch nicht mehr an. Sechs habe er schon, meint der Gemeindearbeiter und zählt Namen auf. König, Schwenk und Herbstetter kann Höfe zuordnen. Die Finger der einen Hand werden von denen der anderen weit nach hinten gebogen. Dene hond se alle is Hirn gschisse. Er zeigt Höfe ein Bachstelzennest im Kran vor dem Zollamt, mit dem im Frühjahr die Segelboote ins und im Herbst aus dem Wasser gehievt werden. Die seien auch im Winter hier. Denen sei's hier warm genug, sagt er und beginnt sich mit Sorgfalt eine Pfeife zu stopfen.

Zwei Alte in der Sernatingenstraße unterhalten sich angeregt unter ihrem Vordach. Höfe versteht kein Wort. Wie der Bürgermeister schon sagte: Einer von außerhalb. Einer, der sich an den urtümlichen alemannischen Dialekt erst gewöhnen muß. Sie treten trotz des Regens an den Zaun und reden in einem für Höfe verständlichen Deutsch über Blumen. Über die Rosen, die sie in den Himmel wachsen lassen wollen. Den kunterbunten Teppich ihrer Stiefmütterchen. Also zweisprachig. Wie Anton Herbstetter. Frau Schwenk klärt ihn auf: Die beiden hießen Forcht. Das seien Russen, die sich Deutsche nennen. Eine Großfamilie. Höfe habe nur die Spitze des Eisbergs gesehen. Frau Schwenk, die alles weiß, weiß auch, daß die aus Rußland ausgerechnet an den Bodensee gereiste Familie nur über Geld rede. Auch die Kinder. Wenn sie so vor dem Haus stünden, so harmlos, als redeten sie nur über das Wetter, auch dann gehe es ums Geld. Um unser Geld, weiß Frau Schwenk.

Der Wirt in der Seebar unterhält sich nicht, er murrt. Mal leise, mal lauter. In das Murren hinein ordert Höfe ein Bier. Manchmal wischt der Wirt mit einem Lappen die Theke ab. Höfe muß sich sein Glas schnappen. Er trinkt die ersten Schlucke mit einem kleinen Unbehagen, als wäre er ungeladen auf ein Fest geraten. Er schaut, die Ellenbogen immer stärker auf die Theke gestützt, dem Wirt beim Gläserspülen zu, beim Einschenken und Kassieren. Das habe die Ehe aus ihm gemacht, weiß Frau Schwenk. Die Frau sei inzwischen auf und davon, was allerdings ohne Konsequenzen für die miese Laune des Wirts gewesen sei. Die halte sich hartnäckig. Einmal schlecht gelaunt, immer schlecht gelaunt.

Friseur Uhl hält Höfe die Tür auf. Es riecht streng nach Haarfestiger. Sie hättet sicher gern en Kurzhorschnitt, sagt der Friseur. Das Ohr frei, den Nacken rasiere ich aus. Höfe ist zu allem bereit. Familienbetrieb seit 1951, wird er von Herrn Uhl aufgeklärt. Vom Vater übernommen. Bei dem sei er in die Lehre gegangen. Frau Uhl steht mit dem Besen schon bereit. Sie stützt die Hände auf den Besenstiel. Frau Uhl: De'Nacke ausrasiere, des isch sei Spezialität. Des hoter vum Vatter. Nur sich selber kann er kon mache. Ein Schnitt, und Höfe sieht eins seiner Ohrläppchen im Spiegel.

Das ist die Seegemeinde. Der Gestank von ranzigem Fett und Hundescheiße. Die Glocken der Kirchen, die morgens und abends punktgenau um sieben unerträglich sind. Die Traktorbesitzer. Die Geräusche der Rasenmäher an jedem Tag der Woche, von dem des Herrn einmal abgesehen. Das Summen der Bohrmaschinen, das Schlagen der Hämmer. Die Penner am Bahnhof, die einem die Hand geben und dann um Geld für eine anständige Tasse Kaffee bitten. Der Geruch von fauligem Wasser, der sich in den Uferanlagen festgesetzt hat. Die Mücken, Fliegen, Bremsen, Begleiter jedes Spaziergangs.

Das Archiv ist ein Ort der Zusammenkunft. I werrs dir scho zoge. Höfe und Anton rücken eng am Schreibtisch zusammen. Ein paar Schubladen des Aufsatzes stehen offen, Zeitungsartikel liegen auf dem Tisch verstreut. Max schleckt sich am Hintern.

Im Laub versteckt. Die Traube glüht.

Minneclich was ir gebaren.

Emanuel Geibel, sagt Anton. Und dein Vers? Das kann nur Burkhard von Hohenfels sein.

Es gehe nichts über einen Unterricht, der den Schülern die Heimat nahebringt. Damals sei Sachkunde noch Heimatkunde gewesen. Die Geschichte des Bodensees rauf und runter beten, seine Geographie. Und immer wieder die Dichter. Die Dichter, die sich hier niederließen. Der Wilhelm Schäfer zum Beispiel. Den kennsch? Geboren 1868. Sie suchen seine Lebensdaten zusammen, ordnen sie, fädeln sie auf. Von einem Ende des Archivs zum anderen reicht die Schnur. Dazwischen setzen sie die Namen von Städten und Dörfern. Von Buchtiteln und Literaturpreisen. Das Leben Wilhelm Schäfers hängt im Archiv wie Wäsche auf der Leine. Gestorben 1952.

Höfe bedauert, daß er die Seegfrörne nicht mehr erlebt hat.

Anton spricht reines Hochdeutsch: Einer meiner Lieblingsdichter. Auf der Sommerhalde hat er gewohnt. Ich habe ihn persönlich gekannt. Anton, hat er mal zu mir gesagt, da war ich noch ein grüner Bengel, sei stolz darauf, daß du hier aufgewachsen bist. Von hier aus siehst du den Anfang der Berge, aus denen der Rhein dem See sein Wasser bringt. Hier ist das Land noch Land. Damals stand ich einfach da und nickte eifrig, wie man nickt, wenn ältere Herren Geschichten erzählen, die man hören möchte, aber nicht verstehen kann. Erst Jahre später ist mir klargeworden, daß die Sätze des Dichters viel mehr waren als ein Lob auf den Bodensee.

Zu dritt streifen sie über die Hügel hinter der Seegemeinde. Das Gras ist naß, Höfe ist froh, daß er seine Gummistiefel angezogen hat. Kahl steht der Wald, seine Äste sind ineinandergehakte Netze. Zwischen seinen Maschen sitzen See und Himmel, grau in grau wie zwei debile Zwillingsbrüder. Außer Höfe, Anton und Wilhelm Schäfer sind ein paar Vögel da, die nicht in den Süden gereist sind und mißmutig auf den Ästen sitzen. Der Spazierstock des Dichters ist vielseitig verwendbar. Er ist ein Zeigestock, mit dem der Dichter auf die Schönheiten der Natur aufmerksam macht. Er räumt Hindernisse aus dem Weg, bahnt sich einen Weg durchs Gestrüpp. Herabhängende Zweige werden zur Seite geschlagen, wuchernde Pflanzen aus dem Weg geräumt. Von dem Waldweg sind sie schon lange abgebogen, um dem Wald näher zu sein. Bewundern Sie die Rinde, ruft Schäfer, wie ein Panzer schließt sie sich um unsere Bäume. Anton klopft dagegen und kann nur nicken. Jetzt zeigt der Stock kerzengerade in die Wipfel. An dieser Aufrichtigkeit soll sich unsere Jugend ein Beispiel nehmen. Aufrecht und doch geschlossen.

Darauf müssen wir einen nehmen. Anton zieht eine Flasche Zwetschgenwasser aus dem Regal. Auf den Dichter. Er teilt Höfe mit, demnächst finde ein Leseabend statt. Im Juni, am zwölften. Schätze vom Bodensee habe er ihn genannt. I trag Texschde vum Schäfer vor. Uuswendig natürlich. Gell, du kummsch.

Die Seegfrörne habe ein paar Jahre zu früh stattgefunden. Die läge noch völlig ungeordnet in einem der Pappkartons. Und Vollständigkeit könne er für kein Jahr vor 1985 versprechen.

Ein Bonbon hat Anton noch für Höfe. Lueg emol her. Die Fotos hot mei Frau gmacht. I hab mi it aufs Eis traut. Do bin i en richtige Angschdhaas. Eisfest auf dem gefrorenen See, mit der Musikkapelle Ludwigshafen am 3. Februar 1963, steht unter den Fotos. Auf den Kopien, die Höfe anfertigt, verändern sich die Farben. Die Männer mit ihren Pudelmützen und Instrumenten werden dunkler und dunkler, die Landschaft verschwindet immer mehr ins Weiß hinein. Kaum mehr zu entziffern die schön geschwungene Schrift. Höfe sucht sich einen Platz zwischen den schwarzen Männern, er hat Schlittschuhe an. Die Kufen reiben an der dünnen Schneedecke, er zieht Linien und Kurven. An den blankgewetzten Stellen schimmert das Wasser schwarz durch das Eis. Bitte lächeln, ruft ihm Frau Herbstetter zu.

Das müsse ein Sonntag gewesen sein. Vu überall her sind se kumme. Anton hilft mit einer Lupe nach. Siesch. Der mit den ausgestreckten Armen, der aussehe, als habe er Schwierigkeiten mit der Balance, sei der damalige Bürgermeister Kluge, den habe der dritte Herzinfarkt geschafft, 1986. Der dort drüben, der sein Glas hochhalte, das sei Herr Fritschi. Mit dem sei's schon früher zu Ende gegangen. 1970, Autounfall. Den da hinten kenne er auch, den Huber Franz. Der habe seinen Bedarf an Alkohol bis zur äußersten Grenze gesteigert. 1994. Er könne gleich nach der Todesanzeige suchen. Belegte Brötchen seien an mehreren Stellen auf dem Eis verkauft worden. Das da hinten könnte ein Verkaufsstand sein. Seine Frau habe gesagt, für solch eine Gelegenheit hätten sie sich etwas Besseres einfallen lassen können.

I muß jetzt mit'm Hund naus. Wenn n'Kaffe widsch, do hinte stoht alls.

Höfe setzt einen Kaffee auf. Er nimmt sich Artikel über Robert Teiler vor.

Montag, 25. März 1963. Suche eingestellt. Seegemeinde trauert mit den Eltern. – Die mehrtägige Suchaktion nach Robert Teiler wurde gestern nachmittag eingestellt. Am Samstag und am Sonntag bis um 15 Uhr hatten immer noch drei Hubschrauber den Überlinger See bis hinauf zum Konstanzer Trichter systematisch abgesucht.

Bürgermeister Kluge und zahlreiche Bürger der Seegemeinde sprachen den Eltern ihr tiefstes Beileid aus. Robert war seit dem vergangenen Sommer, nachdem er die Hauptschule beendet hatte, als Steuermann auf dem Motorschiff Frauenberg bei der Gemeinde angestellt gewesen. Roberts Wunsch war es, Kapitän zu werden.

Höfe wühlt weiter im Pappkarton. Ganz unten, nach vielen Nachrichten über Kühe, Vereine, Äpfel, Tote, erneut eine Nachricht zur Seegfrörne.

Donnerstag, 4. April 1963. Das erste Schiff mit Böllerschüssen empfangen. Herzlicher Empfang für die Passagiere der Frauenberg. – Mit Böllerschüssen aus einer Haubitze der Sipplinger Bürgerwehr wurde am vergangenen Montag auf dem Schiffslandeplatz die

Ankunft des Motorschiffs Frauenberg begrüßt. Nach 68tägiger Zwangspause, verursacht durch die Seegfrörne, ist der fahrplanmäßige Schiffsverkehr zwischen den beiden Gemeinden wieder aufgenommen worden.

Auf dem Schiffslandeplatz herrschte am Montag früh eine begreifliche Aufregung. Bürgermeister Kluge, der Bahnhofsvorstand und einige Gemeinderäte warteten nicht nur ungeduldig auf die Ankunft der Frauenberg aus Bodman, sondern auch auf eine Haubitze der Sipplinger Bürgerwehr, mit der für die Wiederaufnahme des fahrplanmäßigen Schiffsverkehrs Salut geschossen werden sollte. Das Schiff war schneller als die mit einem Traktor transportierte Haubitze, was indessen das Empfangskomitee nicht in Verlegenheit brachte. Der Bürgermeister forderte Kapitän Dörfer von der Frauenberg auf, noch etwas auf dem See zu verhalten, bis das Geschütz in Stellung gebracht worden sei. Dann endlich war es soweit. Unter ohrenbetäubenden Böllerschüssen, die man der alten Kanone nicht zugetraut hätte, machte die Frauenberg zum erstenmal nach der Seegfrörne wieder an der Anlegestelle fest.

Als erster verließ Bürgermeister Katz aus Bodman das Schiff, ihm folgten zahlreiche Gemeinderäte und Graf von und zu Bodman. Noch auf dem Anlegesteg hielten die Bürgermeister beider Gemeinden ihre Begrüßungsansprachen, wobei sie ihr Bedauern darüber zum Ausdruck brachten, daß die Seegfrörne bereits zu Ende gegangen sei. Bürgermeister Katz, der die freundnachbarlichen Beziehungen zwischen beiden Ufergemeinden unterstrich, überreichte Kluge ein Bild von der Seegfrörne. Dieser erinnerte in seiner Ansprache an den vor nicht ganz zwei Wochen auf dem See verschwundenen Steuermann Robert Teiler, der auf der Frauenberg seine Ausbildung zum Kapitän machen wollte (der Südkurier berichtete).

Anschließend lud er die ersten Schiffspassagiere nach der Seegfrörne zu einem Umtrunk in das Jägerstüble ein, wobei noch einmal rückblickend über die Erlebnisse auf dem zugefrorenen See geplaudert wurde.

Wo das Jägerstüble sei. Ob dieser Teiler tatsächlich Kapitän habe werden wollen. Das sind Fragen an den vom Spaziergang zurückgekehrten Anton.

Ein Jägerstüble hat es hier nie gegeben. Wenn, dann ein Bürgerstüble. Die heutige Schifferstube. Und dann dachte ich, daß der Kluge dem Katz ein Bild überreicht hat.

Robert Teiler. Der war ganz wild uffs Wasser. Der Junge hier vorne auf dem Foto, der mit den Schlittschuhen, das könnte Robert sein. Doch auch die Lupe bringt keine Gewißheit.

Frau Schwenk streckt ihren Kopf durch die Tür: Ein Anruf für Sie aus Konstanz.

Gab es in diesem Ort jemals eine Gaststätte namens Jägerstüble? fragt Anton.

Frau Schwenk: I hab no nie nie was für Gaststätten übrig ghett.

Sind Sie anno 63 mal auf der Frauenberg gefahren?

Er meine wohl die Kaiserpfalz.

Nei, do lieget Se falsch. Die sei doch in diesem Winter auf der Werft in Kressbronn gelegen. Die sei doch völlig ausgebrannt bei einem Unglück im August 62. Darüber hätten sie sogar in amerikanischen Zeitungen berichtet. Wisset Se numme?

Da habe er recht. Aber aus welchen Fingern er sich das mit den amerikanischen Zeitungen gesogen habe.

Anton: Einen Tip noch. Höfe solle drüben in Bodman beim Grafen anrufen. Dem Tip geht Höfe gleich oben an seinem Telefon nach. Gleich nachdem er mit dem Südkurier-Archiv einen Termin für die kommende Woche vereinbart hat. Die freundliche Stimme von der Gräflichen Verwaltung verbindet ihn mit einem Jochen Haverstock, der ihm einen Rückruf verspricht. Nein, über die Seegfrörne hätten sie nichts greifbar, wurde ihm von Herrn Haverstock nach Rücksprache mit dem Grafen einige Stunden später mitgeteilt, aber zwei Bücher könne er ihm empfehlen. Das eine sei kurz nach der Gfrörne vom Benediktinerpater Caelestis Eichenseer geschrieben worden und 1965 im Seekreis Verlag Konstanz erschienen. Mit De lacu Brigantino congelato sei es überschrieben, aber keine Bange, der Pater habe es zwar auf Lateinisch geschrieben, danach aber höchstpersönlich ins Deutsche übersetzt. Das andere sei neueren Datums und noch im Handel erhältlich. Seegfrörne. Die spannende Geschichte der Seegfrörnen von 875 bis heute von Werner Dobras, in zweiter, veränderter Auflage 1992 im Konstanzer Verlag Stadler erschienen. Übrigens kenne der Graf beide Autoren, und ihm, Höfe, als dem Chronisten der Seegemeinde, lasse er die Adressen gerne zukommen.

Höfe bedankt sich, will aber noch wissen, ob Herr Haverstock auch von außerhalb sei.

Aus Köln.

Und dann habe es ihn an die Riviera Deutschlands verschlagen.

Soll ich jetzt lachen?

Höfe notiert Telefonnummern, er bleibt am Apparat. Mit dem Benediktinerpater aus dem bayrischen St. Ottilien ist ein Treffen schnell arrangiert. Ich werde demnächst einige Tage in Konstanz sein. Dienstag, der achte Juni. Das passe ihm sehr gut. Sie verabreden sich zum Mittagessen. Er bringe ihm ein Exemplar seines Seegfrörne-Buches mit. Werner Dobras dagegen, Archivar am anderen Ende des Sees, in Lindau, ist nicht zu erreichen.

Seine Sekretärin teilt Höfe mit, er sei sechs Wochen lang zur Kur verreist.

Höfe ist dabei sich einzuleben. Er faßt Fuß in der Seegemeinde. Er lernt, daß sich Äpfel und Birnen nicht miteinander vergleichen lassen und mit wem gut Kirschen essen ist. Erdbeeren werden im Juni reif, Himbeeren und Johannisbeeren im Juli, Pflaumen im August, Zwetschgen im September. Er sagt zur Tochter seiner Vermieterin, er habe nicht gewußt, daß Obst in Jahreszeiten zu Hause sei. Dafür erhält er einen freundlich gemeinten Klaps auf die Schulter.

Er fragt die Bewohner des Ortes nach Robert Teiler.

Also, also, sagt die Bäckereiverkäuferin nachmittags. Dann wiederholt sie immer wieder den Namen. Teiler, Teiler. Wie einen Korb Blumen trägt sie den Namen vor sich her. Was für ein schöner Name. Aber ich kenne ihn nicht. Dann: Ich komme aus Sachsen.

Also, i sag Inne, so der Kioskbesitzer, der Teiler müsse ein Teufelskerl gewesen sein. Selbst kennengelernt habe er ihn nicht mehr. Er sei Jahrgang vierundsechzig, und das auch nur mit Müh und Not. Aber seine Eltern hatten ihm gedroht mit diesem Teiler. Wenn er etwas angestellt hatte. Mach nur so weiter, und du wirst verschwinden wie der Teiler, riefen sie ihm zu. Das sei ein geflügeltes Wort gewesen. Verschwinden wie der Teiler hieß: Man war zu schlimm für die Welt, daher war es das beste, man ging verloren.

Also, i sag Inne, brummelt der Wirt und spült Gläser, als gingen die sauberen zur Neige, dabei will im Augenblick keiner außer Höfe seinen Durst löschen. Des war en Sauhund, der Teiler. Der hot mr heimlich s'Bier vum

Wagge runterklaut und gsoffe, während ichs ausgladde hab. Höfe muß immer wieder nachfragen. Das laute Murren ist verständlicher als das leise. Es sei sowieso bereits bergab gegangen. Ausgewundert habe es sich bereits 1963 gehabt. Und da komme dieser Teiler und klaue sein sauer erstandenes Bier. Erst nach Wochen bemerkte der Wirt, daß da einiges nicht mit rechten Dingen zuging, und entdeckte auch den Dieb, allerdings ohne ihn zu erwischen. Der Vater des Jungen versprach, sich seinen Sohn richtig vorzunehmen. Aber bald darauf verschwand er. Der Wirt glaubt nicht, daß Teiler auf dem See umgekommen ist. Er vermutet vielmehr, daß dieser durchtriebene Kerl abgehauen und danach völlig auf die falsche Bahn geraten sei. Wisset Se was i denk? Der isch Terrorischd gworre und hot Leut abgmurkst.

Also, i sag Inne, so Friseur Uhl. Den Teiler habe er, soweit er sich erinnern kann, nie im Friseursalon gesehen. Er sei 1962 mit eingestiegen in den Friseursalon seines Vaters. Der alte Uhl habe einen festen Kundenstamm besessen, ausschließlich Männer, die Frauen seien nach Überlingen zum Friseur gefahren. Er sei bekannt gewesen für seinen Kurzhaarschnitt und seine gründliche Rasur. Auch aus den Nachbargemeinden seien Männer gekommen, um sich von ihm die Haare schneiden und sich rasieren zu lassen. Aber zu Zeiten der Seegfrörne hätten die Männer wegen der Kälte seinen Kurzhaarschnitt sträflich vernachlässigt. Auch fürs Rasieren seien sie nicht zu haben gewesen. Die Seegfrörne habe bereits zu diesem frühen Zeitpunkt zumindest der Friseurbranche gezeigt, daß der wirtschaftliche Aufschwung Grenzen habe. Erst nachdem das Eis verschwunden gewesen sei, seien die Kunden nach und nach wieder im Friseursalon aufgetaucht. Wenn i a d'Seegfrörne denk, denn si i hauptsächlich Männer mit zottlige Locke und langem Bart vor mer. Und was mit Robert Teiler gewesen sei, fragt Höfe nach. Der habe, nachdem er so zwölf dreizehn Jahre alt gewesen sei, keinen Friseursalon mehr von innen gesehen. Er selbst habe ihn mal auf offener Straße darauf angesprochen, daß dies doch kein Zustand sei. Einige Jahre nach der Gfrörne und nachdem der Teiler verschollen gewesen sei, habe er ihn im Fernsehen gesehen. Damals, als Langhaarige und Querulanten die Städte unsicher gemacht hätten. Die Kamera habe über eine Menge von Demonstrierenden geschwenkt und da habe er kurz mitten hinein in sein Gesicht geblickt. Es sei sehr kurz gewesen, muß Friseur Uhl zugeben. Und alle im Dorf, denen er davon erzählte, auch diejenigen, die die Nachrichtensendung verfolgt hatten, lachten ihn aus.

Also, i sag Inne, fährt der Gemeindearbeiter Höfe an, mit dem Teiler hab i nix als Ärger ghett. Seine Aufgabe als frischgebackener Gemeindearbeiter sei es gewesen, Tannenbäume auf dem See aufzustellen, damit sich niemand verirre. Die Bäume hätten im Nebel den Weg auf die andere Seite gezeigt. Und seien auch im Sonnenschein für die Orientierung gut gewesen, vor allem, wenn man einen zuviel getankt hatte. Dieser Teiler habe die Bäume mehr als einmal verstellt. Eines Morgens im dichten Nebel, als er wie an jedem Tag seinen Kontrollgang entlang der Tannenbäume gemacht habe, hätten sie anstatt nach Bodman immer weiter hinaus in Richtung Obersee geführt. Der letzte habe mitten auf dem See gestanden, irgendwo zwischen Sipplingen und der Marienschlucht. Genau habe er das nicht feststellen können, weil er kaum die Hand vor Augen gesehen habe. Übrigens, ob Höfe wisse, wer als erster über den gefrorenen See gegangen sei. Das sei sein Freund, der Huber Franz aus Bodman, gewesen. Am 25. Januar 63. Der hatte eine Leiter genommen und sie vor sich hergeschoben. Der Gemeindearbeiter war der erste, der mit dem Huber Franz angestoßen hatte. Im Schiff sei das gewesen. Die Leiter lehnte währenddessen draußen ganz achtlos an der Gasthauswand. Obwohl die ihm, wenn man den Reden des Huber Franz Glauben schenken konnte, zweimal das Leben gerettet hatte. Gegen das Schiff, das bekommt Höfe noch mit auf den Weg, hätten sie die Abrißbirne geschmissen und an seine Stelle die unübertroffen häßliche Volksbank gesetzt. Usse umme alles Kupferblech. Vum Dach bis zum Bodde.

Frau Schwenk steht vor dem Supermarkt, in ein Gespräch vertieft. Gleich wird sie Höfe sehen, gleich wird sie bei ihm stehen. Frau Schwenk ist im Ort die Litfaßsäule. Nicht einmal in die Knie braucht sie zu gehen, um das Gras wachsen zu hören. Wer die neuesten Neuigkeiten hören will, der steht an dieser Säule richtig.

Also, i sag Inne. Die eine Hand von Frau Schwenk hält die volle Einkaufstasche. Mit der anderen nimmt sie Höfe beim Arm. Sie zieht ihn zur Seite, und Höfe hofft, eine Neuigkeit über Robert Teiler zu erfahren, hört aber eine vom Stromausfall, der Frau Schwenk und ein Dutzend anderer Kunden eine Stunde lang in das Innere des Edeka bannte, weil die Schiebetüren sich nicht mehr von der Stelle bewegen wollten.

Das ist klar, gegen diese Neuigkeit hat Teiler keine Chance. Er rutscht artig nach hinten. Er wird dann immer weiter nach hinten geschoben.

Frau Schwenk arbeitet auf dem Rechnungs- und Steueramt. An manchen Tagen stapeln sich auf ihrem Schreibtisch bis zu fünfzig Rechnungen. Putzmittelrechnungen, Schulmittelrechnungen, Stromrechnungen für Gemeindegebäude, Abschläge, die bezahlt werden müssen, Versicherungen, die bezahlt werden müssen. Frau Schwenk verschwindet hinter den Rechnungsbergen, die nie kleiner zu werden scheinen. Müllgebühren, Wasser- und Abwassergebühren, Zweitwohnungssteuer, Liegeplatzgebühren für gemeindeeigene Segelhäfen, Kindergartengebühren, Gewerbemülleimergebühren. Frau Schwenk wühlt sich durch Haufen von Gebühren und Steuerabrechnungen.

Wissen Sie, und dabei hat man nichts als Ärger. Ich schreibe Mahnungen. Ich bekomme Reklamierungen und Beschwerden. Tag für Tag. In zwei Jahren gehe ich in Rente. Frau Schwenk stellt ihre Einkaufstasche ab. Die andere Hand liegt immer noch auf Höfes Arm.

Gestern wurde sie von einer Arztgattin angerufen. Frau Schwenk, sagte die Arztgattin, bei unserer Gewerbemülleimerrechnung ist etwas faul. Überprüfen Sie sie bitte noch einmal, Frau Herberger, fing ich an zu erwidern, doch sie unterbrach mich sofort. Für Sie immer noch Frau Doktor.

Höfe fragt erneut nach Robert Teiler.

Teiler. Der habe nachts auf dem Eis gespielt und sei ertrunken. Nein, mehr wisse sie nicht. Da könne sie ihm keine weiteren Informationen geben. Tannenbäume. Der spinne, sagt sie und macht ein eindeutiges Zeichen. Das mit dem Huber Franz sei schon richtig. Obwohl dem sonst in keiner Weise zu trauen gewesen sei. Der Alkohol, wissen Sie. Deswegen hätte er auch vor nunmehr beinahe fünf Jahren das Zeitliche gesegnet. Aber da seien noch ganz andere Dinge passiert. Anfang Februar sei der Viehhändler Bertsche aus Espasingen mitsamt Anhänger und einer Kuh darin über den See gefahren. Die Fahrt muß der Kuh wohl auf die Milch geschlagen haben. Mehrere Tage lang sei die sauer gewesen. Das hat mir der Bertsche selbst hinter vorgehaltener Hand erzählt.

So ein Blödsinn, meint Anton wenig später im Archiv, als Höfe ihn darauf anspricht. Er schwöre jeden Eid darauf, daß der Viehhändler Fritschi geheißen und seine Kuh nicht aus Espasingen, sondern aus Rielasingen herangefahren habe. Aber Höfe solle doch die Geschichte mit dem Teiler auf sich beruhen lassen. Die bringe nichts. Die Gfrörne, über die solle er schreiben. Über dieses großartige Naturereignis, das ein helles Licht auf die Gemeinde werfe.

Höfe wünscht sich einen Hund. Keinen großen. Einen kleinen, mit dem er Schritt halten kann. Den er abends hinter den Ohren kraulen kann. Auf keinen Fall größer als ein Collie. Die Zweisamkeit mit einem nicht allzu großen Hund stellt sich Höfe als etwas Wünschenswertes vor.

Er fährt die Bergstraße hinauf in Richtung Bonndorf. Durch Wald und Regen, hinter einem Traktor, der Dung geladen hat. Wenn er Zeit habe nach der Arbeit, solle er die Bergstraße hinauffahren, hatte Frau Müller zu ihm an seinem ersten Morgen in der Seegemeinde gesagt. Von dort oben habe er eine schöne Aussicht auf den See. Sobald er den Wald verlassen habe, solle er an der ersten Kreuzung nach rechts abbiegen. Der Traktor biegt ebenfalls nach rechts ab und dann gleich wieder nach links in eine Hofeinfahrt, die zu einem großzügig ausgebreiteten Bauernhof führt. Kaum ist der Traktor in der Einfahrt verschwunden, kommt aus ihr bellend ein Hund gerannt, der einige hundert Meter weit Höfes Auto verfolgt.

In Lassies Heimat ist Lassie ein Hund, der das Wasser scheut wie der Teufel das Weihwasser und sein Herr ein Arzt jenseits der besten Jahre. Der Arzt heilt, macht mürrische Bemerkungen, reitet auf seinem Pferd, wirft Steine ins Wasser. Sein Zauberwort heißt Penicillin. Lassie rettet ihn in einer stürmischen Nacht, springt auch in einen Fluß, der nicht anders als reißend genannt werden kann. Die Schwarzweiß-Aufnahmen machen ihn noch reißender. Sterben muß der Arzt dann trotzdem.

Oben auf dem Hügel beginne das sogenannte Hinterland des Bodensees, hatte Frau Müller gesagt. Noch in den fünfziger Jahren sei das Hinterland eine andere Welt gewesen. Man habe nur die Bergstraße hochfahren müssen, keine vier Kilometer. Die Bewohner des Hinterlandes seien immer mit einer Handkarre herumgezogen, mit allerlei Vorräten darin, Kartoffeln, Gemüse, als sei der Krieg nicht vorbei gewesen. Wenn keine Vorräte darin gewesen seien, hätten die Bewohner des Hinterlandes darin Gerümpel abgestellt und mit sich herumgeschleppt. Wie die Zigeuner, hatte Frau Müller gesagt. Hond Ir ko Haus, mund Ir immer alles umenand schleppe, hab i se gfrogt. Aber, wisset Se, Herr Höfe. Des sind it nu Ziginer, die kriegt au ihr Mul it uff.

Höfe stellt sein Auto ab. Das Hinterland sind Rechtecke aus Feldern, durch die eine Schnellstraße verläuft. Vom Parkplatz bis zum Aussichtspunkt seien es nur wenige Meter. Verboten sei, mit dem Auto dorthin zu fahren. Das heißt aber nichts, wie Höfe festgestellt hat. Beim ersten Mal hat er sich verlaufen. In den Frühling geht er hinein, der oben in den Bäumen ein Dach aus frischem Laub gedeckt hat. Der Himmel ist da, um einige Löcher zwischen den Blättern zu stopfen. Unten am Boden grüßt der Herbst mit vergammeltem Laub zwischen Steinen und Wurzeln, der läßt sich nicht kleinkriegen. Höfe muß sich durchs Gebüsch schlagen. Verbrennt sich an Brennesseln. Reißt sich an Brombeersträuchern blutig.

Höfe breitet eine Plastiktüte auf der Bank am Aussichtspunkt aus. Fast jeden Tag entdeckt er im morastigen Boden neue Autospuren. Zerknüllte Tempos liegen im Gras. Kondome. Hier oben müsse die Liebe zu Hause sein, vermutet Höfe. Vor ihm liegen große Teile des Überlinger Sees, der Bodanrück, weiter hinten an manchen Tagen die Alpen. Es ist schon seine Bank.

Die Fahrt nach der Arbeit auf die Hügel ist Höfes nachmittägliches Vergnügen. An dem einen oder anderen Tag schafft er seinen Ausflug zur Bank erst am Abend. Später an diesen Abenden geht er direkt in die Sonne.

Höfe ist der junge Arzt. Der von klein auf dem alten hilft, auch wenn sein Vater brüllt und einen Bauern aus ihm machen will. Ein Mädchen hat er schon von Anfang an. Zum Studieren geht er in die große Stadt, nach Edinburgh. Er kommt zurück, heiratet, zieht in das Haus des alten Arztes. Tröstet Lassie, der Max heißt, als der Alte begraben wird. Max humpelt hinter den frisch Vermählten her.

Die Bank befindet sich eine Viertelstunde außerhalb des Dorfes. Stettelberg. Hinter der Bank wurde eine Tafel angebracht. Hier rumort, so heißt es darauf, der Stettelberger. Er schwor, so wahr der Schöpfer über mir ist, stehe ich auf spitälischem Grund und Boden. 1.5.1981

12. Volksmarsch. Neben dem Spruch ist ein bärtiges Gesicht abgebildet und über dem Gesicht ein Hut samt Schöpflöffel.

Das Spital, das hat Höfe in dem gelb eingeschlagenen Buch Sagen und Bräuche am Überlinger See schon nachgeblättert, ist kein Krankenhaus, und der Stettelberger, dieser listige Hund, kein Arzt. Waldhüter war er, und mit einer satten Lüge hat er einen Rechtsstreit zwischen der Seegemeinde und dem Überlinger Heiliggeist-Spital für das Spital entschieden. Er nahm von einem Stück Grund und Boden, das zweifellos Überlinger Eigentum war, ein Häuflein Erde, schüttete es in seine Stiefel, daß die Sohlen ganz davon bedeckt waren. Dann steckte er einen Schöpflöffel unter seinen Hut und schwor den Eid. Ist ihm aber nicht gut bekommen. Kurz nach dem Meineid ist er tot umgefallen und lebt seitdem als Geist.

Zwischen den Bäumen rumort der Stettelberger, einen grünen Rock trägt er und unter dem Arm eine Axt, wie es sich gehört für einen Waldhüter. Wenn er es über hat, das Rumoren, setzt er sich neben Höfe.

Der See heute. Flecken und Striemen trägt er, aber nicht eine Falte. Auf der anderen Seite am Bodanrück hat er mit der Dämmerung gleichgezogen. Die zwei drei Segelboote regungslos, als hätte sie jemand ans Wasser genagelt. Die Furchen in den Waldhängen haben ohne Wenn und Aber das Beiwort schattig verdient. Die noch sichtbare Silhouette der Alpen rundet das Abendbild ab.

Spät ist er heute dran.

Was da zirpt, nennt Höfe Grillen. Denen hört er eine Weile zu. Kurze Zeit nach dem Stock, den er schwungvoll in den Wald geworfen hat, ist auch Max, humpelnd und bellend, zwischen den Bäumen verschwunden.

Kummet Se doch no uff'n Sprung inne. Das Fernsehen strahlt einen alten Film aus. Frau Müller trägt einen Teller voller Kutteln ins Wohnzimmer. Das müsse Lonely are the Brave sein, meint Höfe. Er kenne den Film.

Der einsame Cowboy im Fernsehen heißt Jack Burns, kommt von Colorado und reitet nach New Mexico.

Höfe und Frau Müller sitzen auf dem Sofa. Er hat die Kutteln vor sich, sie trinkt einen Himbeerlikör. Das Sofa ist breit, der Beistelltisch dagegen schmal. Daher sitzen sie beide eng beieinander. Höfe, um den heißen Teller, Frau Müller, um ihr Glas abzustellen.

Burns schneidet Stacheldrahtzäune durch, weil er immer nur geradeaus reiten möchte. Um einem Freund zu helfen, zettelt er Streit in einer Bar an. Nachdem er und sein Pferd Whisky aus dem Gefängnis ausgebrochen sind, werden sie verfolgt. Auch von einem Hubschrauber. Burns' Ziel heißt Mexiko. Er klettert durchs Gebirge, das Pferd immer bei sich, er schießt den Hubschrauber ab. Nur noch die Fernstraße 60 liegt zwischen ihm und der Grenze. Dort ist das Ende der Fahnenstange erreicht. Den Einsamen und sein Pferd überfährt ein mit Kloschüsseln beladener Fernlaster. Das Pferd werde bald tot sein, kommentiert Höfe, während es über die Felsen klettert.

Der Westernheld erinnere ihn an Don Quijote. Die Flügel der Windmühle seien die Rotoren des Hubschraubers. Auf dessen Unterseite in großen Buchstaben das Wort Polizei geschrieben stehe. Die Windmühle könne Burns besiegen. Mehr noch. Jack Burns wäre über den vereisten Bodensee geritten und wäre nicht tot vom Pferd gefallen. Für ihn wäre der Ritt eine Kleinigkeit gewesen.

Höfe wischt sich den von Kutteln verschmierten Mund an seinem Taschentuch ab und lobt nochmals das Essen. Er fragt nach Teiler und dem Eisfest anno 63. Ein Tag wie aus dem Bilderbuch. Sie wisse noch, daß ihr Mann bis abends mit einigen Eishockey gespielt habe. Was sie verwundert habe, sei die Tatsache, daß die Blaskapelle des Nachbarortes gespielt habe. Nachbarschaft hin, Nachbarschaft her, hier hätte die eigene auflaufen müssen.

Nach einem ausführlichen Bericht über die immer noch andauernden Streitigkeiten der beiden Blaskapellen will sich Höfe verabschieden.

Nur no e Gläsle vu meim Himbeerlikör.

Von dem verschwundenen Jungen hat Frau Müller nichts erzählen wollen. Die Geschichte ist ihr zu traurig für diesen schönen Abend.

An den Dächern gegenüber ist der Tag schon lange angekommen. Bei Höfe auch. Hellwach schaut er aus dem Fenster. Er öffnet es, den Regen läßt er mit hinein. Das Bett steht vorwurfsvoll zwischen den beiden Steckdosen. Nackt schlappt Höfe nach nebenan ins Bad, setzt sich aufs Klo. Die Zahnbürste fährt auf und ab. Dreimal nachspülen, dabei das Wasser bis hinten an den Gaumen führen. In der Wanne sich den kalten Duschstrahl ins Gesicht setzen. Kein Badewasser einlaufen lassen nach halb elf Uhr abends, hat Frau Müller verordnet. Das Handtuch liegt auf der Waschmaschine. Höfe greift danach. Ein weiteres Verbot: Am Sonntag darf keine Wäsche gewaschen werden. Frau Müller denkt dabei ausschließlich an die anderen Parteien im Haus. Die hätten an einem Tag der Woche Ruhe dringend nötig.

Höfe in der Küche. Ei köpfen. Brötchen schmieren. Milch zum Kaffee geben. Umrühren. Beim Südkurier in Konstanz wird Höfe sofort mit dem Archiv verbunden, allerdings mit einem Praktikanten, der sich Höfes Dienstnummer notiert. Höfe wäscht sich die Hände.

Bevor Höfe im Wohnzimmer sitzt, ist er im Treppenhaus zu finden. Dann für einige Sekunden im Freien. Dort steckt in jedem Briefkasten ein Südkurier. Guten Morgen, Frau Müller. Wenn Se Zeit hond, fahred Se doch mal d'Bergstroß uffe. In der Zeitung warnen Polizei und Feuerwehr. Gefahr durch eindringendes Wasser droht vor allem den elektrischen Einrichtungen. Höfe kaut gründlich. Dann geht er aus dem Haus.

Höfe grüßt jeden, weil er von seiner Vermieterin gehört hat, das sei so üblich im Dorf. Hier heißt es statt Guten Tag Grüß Gott. Statt Auf Wiedersehen Ade. Die, die er grüßt, stehen paarweise zusammen. Mercedes, rote Polster, tiefgelegt, bekommt Höfe von einem Paar im Vorbeigehen mit. Des baßt zum Kennig. Beim Friseur Uhl, wo er Zeitschriften lesend auf seinen Haarschnitt wartet, ist daraus ein Ferrari mit sagenhaften Stoßdämpfern geworden, den der Kioskbesitzer bei der Fernsehlotterie gewonnen haben soll. Hier, unter den geschäftigen Händen des Friseurs, wird aus Höfe ein weiteres Päckchen geschnürt und auf die Reise geschickt.

4

Ganz hinten steht Höfe. Vor ihm sitzen der Bürgermeister samt Frau, der Kapitän, Frau Schwenk, die Müllers, Familie Forcht und andere Mitglieder der Seegemeinde. Bitte das nächste Dia. Hier sehen Sie unseren Dichter Wilhelm Schäfer beim morgendlichen Spaziergang auf dem Spittelsberg. Ein Einzelgänger war er. Viel für sich. Der Hut, den er trägt und den er auch auf allen anderen Spaziergängen trug, ist unverwechselbar. Wenn man diesen Hut im Wald hinter Ästen zittern sah, dann wußte man sofort: Das ist er. Und man schlich weiter, um ihn nicht zu stören. Auf Antons Zuruf schiebt Höfe das nächste Dia in den Projektor. Vor ihm hört er die junge Frau Müller ihrem Verlobten zuflüstern, daß sie ihn bewundere, den alten Herbstetter. Das sei eben die alte Schule. Dort sei nicht nur gelernt, sondern immer sofort auswendig gelernt worden.

Anton räuspert sich. Dieses Bild zeigt den See, vom Arbeitszimmer des Dichters aus gesehen.

Von meiner Sommerhalde reicht der Blick nur auf die Ausläufer der Berge. Wenn ich sie ganz sehen möchte, greife ich zur Flasche. Die Flasche steht neben mir, meine Frau stellt sie jeden Morgen zusammen mit Papier und Bleistift auf meinen Schreibtisch. In die Flasche ist eine Landschaft mit Bergen gesteckt worden, graue spitze Felsen, schneebedeckte Gipfel, auf einem steckt eine Schweizer Fahne. Dazwischen ist eine blaue Linie zu erkennen, die sich ins Tal schlängelt. Unser Rhein. Der sich von dort durch den See zieht und durch das ganze Land wie eine Lebensader. Wasser für die Felder bringt er, Wasser für die Wiesen, Wasser für die Kühe, Schweine und Hühner.

Das letzte Dia bitte.

Unser Haus und die Ställe waren eine einzige Katastrophe. Vor dem Krieg war ein Landerziehungsheim da gewesen. Wir selber nannten es nach dem bunten Anstrich unser Negerdorf. Meine Frau jammerte: Hier sieht's aus wie bei den Wilden. Ich aber beruhigte sie: Die Wilden wohnen in Afrika. Die kommen nicht übers Meer. Hier wohnen einfache, natürliche Menschen. Wir werden sie kennen und lieben lernen. Im ersten Winter hatten wir noch kein elektrisches Licht. Wir schmolzen in Schuhwichsdosen Kerzenreste ein, aber diese kümmerlichen Flämmchen konnten mich nicht vom Dichten abhalten. Wenn auch das Licht schlecht war, das Essen war in Ordnung. Wir fingen eine Kriegslandwirtschaft an, in der wir es im Höchststand auf sieben Ziegen, zwei Kühe, dreizehn Hühner, fünf Enten und drei Gänse brachten.

Nach dem Applaus bedankt sich Anton für die Aufmerksamkeit des Publikums. Wenn jetzt jemand Fragen hat, stehe ich Ihnen gerne zur Verfügung.

Herr Herbstetter, dieser Schäfer, war der jetzt Schriftsteller oder Bauer?

Was hat ein bunter Anstrich mit Negern zu tun?

Halten Sie das allen Ernstes für Literatur?

Seit wann ist der Bodensee deutscher Vollbesitz?

Ist dieser Schriftsteller nicht zurecht in der Versenkung verschwunden? Das war doch ein Faschist.

Hat Wilhelm Schäfer auch etwas zu Überschwemmungen geschrieben?

Für Anton sind die Fragen eins bis fünf Bojen, die er unwirsch links liegen läßt. Seine mürrische Miene hält die Zuhörer festgenagelt auf ihren Plätzen. Sie schauen auf den Vortragenden, der die sechste Frage für den Hafen nimmt, in den er hineinsteuert.

Schäfer habe seines Wissens nie wortwörtlich von Überschwemmungen geschrieben. Aber sie seien ihm immer ein Dorn im Auge gewesen. Eigentlich habe er sein Leben lang nichts anderes getan, als unentwegt gegen sie anzuschreiben. Gegen sie Dämme zu bauen.

Anton malt den Zuhörern eine Überschwemmung an die Wand. Immer komme sie von draußen. Mit Gewalt und nur darauf aus, zu zerstören. Vieles gehe dadurch kaputt. Nach einer Überschwemmung ließe sich die Spreu nicht mehr vom Weizen trennen. Anton wird laut: Es bleibt nichts als eine große Sauerei.

Ein Blick nach hinten zu Höfe. Nicht wahr, ganz anders als bei einer Seegfrörne.

Die Überschwemmung nimmt keine Rücksicht.

Die Überschwemmung sieht keine Unterschiede.

Die Überschwemmung ist der Sieg der Natur über die Kultur.

Die Überschwemmung hinterläßt Schmutz und Gestank.

Schäfer habe mit ihm zwar nie über Überschwemmungen, dafür aber über Dämme geredet. Mehrfach. Wenn er jetzt auf diese Gespräche zurückblicke, müsse er Schäfer geradezu einen Dämmespezialisten nennen. Dammanlagen, wisse er seitdem, habe es bereits vor mehr als fünftausend Jahren gegeben, in den Gebieten des Euphrat und Tigris, in denen des Nils. Sie seien Produkte der frühesten Hochkulturen gewesen und hätten die Wasserfluten nicht nur bewältigen, sondern auch nutzbar machen können für ihre Wirtschaft.

Bis zum Adler sind es nur wenige Schritte. Höfe wird auf seiner rechten Seite gestützt von einer Krücke. Links stützt ihn Frau Müller, die wieder einmal auf den Autounfall von Höfe und ihrer Tochter zu sprechen kommt. Gott sei Dank isch nint Schlimmeres bassiert. I derf gar it dra denke.

Der Nachbarort über dem See ist zusammengeschrumpft auf ein paar Kugeln aus Licht, die aufgehängt wurden in der Nacht und gleich noch einmal, in gleichmäßigem Zittern, auf dem Wasser.

S'isch so ruig heut. Höfe schaut auf die Tochter seiner Vermieterin und Anton, die ihnen ein paar Schritte voraus sind. Frau Müller läßt inzwischen den Unfall Unfall sein und erkundigt sich nach den Fortschritten der Chronik. Der Schäfer finde im Buch sicher auch Erwähnung. Sicherlich sei das der Fall, aber nicht im abschließenden Kapitel, an dem er zur Zeit arbeite und das ausschließlich der Seegfrörne gewidmet sei. Und einem Robert Teiler. Von dem sie ja gehört habe.

E traurige Gschicht.

Nach zehn Uhr abends steht jeder Tisch im Adler zur freien Verfügung. Höfe will über den Jungen reden, aber Anton und Frau Müller winken ab. Nicht nach diesem Abend. Das passe jetzt überhaupt nicht.

Am späten Abend wird im Adler die Zeit vorgestellt.

Anton will aus der Veranstaltung eine Reihe machen. Er entwirft Pläne, Frau Müller greift ihm unter die Arme. Sie hätten es alle gesehen, siebzig Prozent der Zuhörer seien Einheimische gewesen. Achtzig Leit sind sicher do gwese. Insgesamt, wirft Frau Müller ein. Wahnsinnig vill. Sogar Aussiedler habe sie gesehen. Obwohl die sicherlich kein einziges Wort verstanden hätten. Die vier stoßen an mit dem eben herbeigetragenen Sekt, den Höfe mit zwei Griffen vom Korken befreit hat. Da hieße es immer, für die Leute vom Land gäbe es nur Kirchgang und Bauerntheater. Diesem Trugschluß sei Anton selbst lange aufgesessen. Aber weit gefehlt. Also nicht nur eine Veranstaltung für den Sommer, jede Jahreszeit sei geeignet. Wieso nicht einen festen Tag im Monat. Das nächste Mal mit anderen Dämmebauern. Die Literatur sei voll davon. Höfe bringt Faust in die Runde ein. Der habe einen Plan gehabt. Meer zurückdrängen, Land gewinnen, ewiges Werk schaffen. Anton kann mit einem Vers dienen: Es kann die Spur von meinen Erdentagen nicht in Äonen untergehen. Der Schimmelreiter wird über den Tisch gereicht. Der Hauke Haien, ein schlauer Kopf. Der rechnet gegen die Natur an. Frau Müller kramt die Seite aus ihrem Gedächtnis, auf der die Dorfbewohner einen lebenden Hund in den Deich einbauen wollen. Sie sagen zu Deichgraf Haien: Ein Kind sei noch besser. Goethe und Storm, die würden auch den letzten Stuhl in der Obsthalle füllen.

Dazu käme dann noch das Goethejahr. Von Goethe zur Nudel, die alles in allem in Süddeutschland am weitesten verbreitet sei. Keinesfalls Spätzle. Die werden den Schwaben überlassen. Anton: Sauschwobä.

Schlag zwölf macht die Bedienung dem Planen ein Ende. Auf dem Heimweg wird Höfes Einladung beim Bürgermeister am heutigen Abend besprochen. Do mund Se sich schick mache, sagt Frau Müller. Auch das Seefest und die Europawahl finden noch einen Platz in der Unterhaltung, bevor sich Anton verabschiedet. Wa doch alles zammekummt a zwei Tag. Zu Hause angekommen, überreicht Frau Müller Höfe eine Einladung für die Hochzeit in einigen Wochen.

Das habe er gar nicht gewußt, daß Anton und sie sich so gut verstünden.

Sie hätten eben eine gemeinsame Vergangenheit.

Wisset Se übrigens?

Höfe weiß nicht.

Morgen werde ein Kunstwerk in Überlingen enthüllt. Des vum Seidel.

Zum ersten Mal kann Höfe das Zollamt durch den Haupteingang betreten. Am Tag, an dem Europa zur Wahl steht. Höfe gibt seine Stimme ab. Im Büro ist er mit der Seegfrörne zugange, bis das Schiff in den Hafen einfährt. Dann eilt er nach draußen. Vor dem Zollamt macht sich der Gemeindearbeiter an den Sandsäcken zu schaffen, der Kioskbesitzer hat sich für ein paar Worte zu ihm gesellt. Der Groll auf die, die in der Gemeinde das Sagen haben, macht die beiden kurzzeitig zu siamesischen Zwillingen. Höfe sieht sie nachts beisammenhocken vor einer Flasche Wein. Der eine hält das Glas, der andere schenkt nach. Der Gemeindearbeiter sagt: Dene hond se is Hirn gschisse. Der Kioskbesitzer sagt: Genau. Sie ziehen vor allem über König her, aber, schon mal dabei, auch über die Schwenk und Herbstetter. Schwenk, die jeden Kommentar des Bürgermeisters zu ihrem eigenen macht. Herbstetter, der wegen dreckiger Stiefel zum Bürgermeister rennt. Höfe solle sich das vorstellen. Er, der Gemeindearbeiter, müsse in den vorderen Kellern des Zollamtes nach dem Abpumpschlauch und auch sonst nach dem

Rechten sehen. Immer gebückt, denn der vordere Teil des Zollamtes bestehe nur aus Kriechkellern. Wenn er dort nicht herumkrieche, dann sähe es dort unten ganz anders aus. Und dann werde er wegen schmutziger Kacheln in einer Toilette zum Bürgermeister zitiert. Also wegen nichts und wieder nichts.

Der Gemeindearbeiter und der Kioskbesitzer liegen Seite an Seite im Bett und hecken einen Plan aus, wie sie sich der Bevormundung entledigen könnten. Denn nicht nur der Gemeindearbeiter ist ihr ausgeliefert. Dem Kioskbesitzer wird mit Auflagen zugesetzt. Kein Alkohol vor zwölf Uhr mittags. Keine Kondome. Jetzt werde auch noch allen Ernstes überlegt, die Braterei zeitlich zu begrenzen. Weil den Touristen, die morgens einen Spaziergang am See unternehmen wollten, übel würde von dem Bratwurstgeruch. Reine Schikane. Und gerade jetzt. Wo der See verfaule. Wo ein Taschentuch vor der Nase Pflicht sei.

Höfe wird noch geschont, auch wenn klar ist, mit wem er unter einer Decke steckt. Jetzt, an diesem Sonntagmorgen, darf er sich noch unter der des Gemeindearbeiters und des Kioskbesitzers aufhalten. Die bietet Schutz vor dem Regen. Die bietet ein paar Minuten Unterhaltung.

Auf die erste Schikane folgte sogleich die zweite. Der Gemeindearbeiter wurde an die Sandsäcke beordert. Die Sandsäcke können weg, hieß es, sie stören das Gesamtbild. Gerade jetzt, während des Seefestes. Obwohl das Wasser um keinen Zentimeter gesunken sei. Immer noch 5,65m. Nichts als die dreckigen Stiefel steckten dahinter.

Außer Höfe wartet noch ein potentieller Fahrgast. Der steigt dann doch nicht ein. Der Gemeindearbeiter ruft Höfe ein paar Worte nach, während der über den kleinen

Steg steigt: In a paar Dag muß i d'Muer wieder uffbaue. Do druff verwett i mein Bese.

Die Aussicht läßt zu wünschen übrig. Die Berge können auch Wolken sein. Windfeddere heißen die Wolken, die Regen ankündigen, und auf die zeigt der Kapitän. Höfe folgt dem Finger.

Der Kapitän ist Bodmaner. Überzeugter.

Derzeit sei der Bodensee hundert Quadratkilometer größer.

Seine Hoffnung gilt dem Ostwind. Wenn der Ostwind kommt, ändert sich alles. Alles ist erstens: Das Wasser läuft schneller durch die vor Konstanz gelegene Bucht, den sogenannten Konstanzer Trichter, in den Rhein ab. Zweitens: Die Trockenheit des Ostwinds sorgt für stärkere Verdunstung.

Gegen diesen Wind sei der aus dem Westen armselig. Der sei immer feucht. Das belegt der Kapitän mit Zahlen. Beim Westwind, da könne er so kräftig sein wie er will, gehe der See nicht mehr als zwei Zentimeter pro Tag zurück. Beim Ostwind dagegen sieben Zentimeter.

An zwei der fünf Haltestellen könne nicht angelegt werden. Dennoch dürfe das Schiff nicht auf direktem Kurs nach Überlingen steuern. Sie müßten die beiden Haltestellen anfahren. Jedenfalls müßten sie so tun, als würden sie sie anfahren, kurz zuvor aber abdrehen. Das sei Vorschrift. Durch diese angedeuteten, dann aber abgebrochenen Anlegemanöver wachse die sowieso schon vorhandene Verspätung ins Bodenlose. Sie dürften nicht schneller als zehn Kilometer pro Stunde fahren. Suschd simmer mit achtzehn gfahre. Fünfhundert Meter entfernt vom Land statt wie sonst dreihundert. Das sei die Hochwasserregelung. Zum Schutz der Uferanlagen.

Früher.

Früher war es anders.

Also besser.

Früher gab es nur zwei Haltestellen. Bodman und die Seegemeinde. Die Frauenberg lag in Bodman. Normalerweise auch die Kaiserpfalz, doch die lag meist zur Reparatur in Kressbronn.

Früher waren kaum Touristen an Bord.

Um sechs Uhr muß der Junge antreten. Für einen Sechzehnjährigen kein Zuckerschlecken, vor allem im Winter. Er weiß, was zu tun ist. Im Winter immer mehr als im Sommer. Zuerst der Kanonenofen. Der ist schnell angefeuert. Er holt den Besen aus der Kajüte der Frauenberg. Steigt aufs Dach. Auf dem Dach darf kein Schnee liegen. Dann ist der Steg dran. Auf dem Steg darf nichts an die Jahreszeit erinnern. Dann, es ist noch nicht halb sieben, kommen die ersten. Schüler, die auf der anderen Seite des Sees zur Schule gehen. Arbeiter, die zum Zug müssen. Nach Überlingen oder Friedrichshafen. Er kennt alle mit Namen. Alle grüßt er. Fünf nach halb sieben legen sie ab. Zehn vor sieben wirft er das Seil aus in der Seegemeinde. Der Kapitän sagt: Geh zum Bahnhof. Der Gerber hat dort was liegen. Er stapft den Schülern, den Arbeitern hinterher. Noch ist es dunkel. Kaum erreicht das Licht der Straßenlaternen den Boden. Hinter der Bahnschranke gehen die Schüler geradeaus, die Sernatingenstraße hoch. Die Arbeiter biegen nach links ab. Denen folgt er. Aus dem kleinen Schuppen holt er den Handwagen. Der Bahnhofsvorsteher ruft ihm zu: Von Quelle diesmal.

Das letzte Schiff geht abends um sieben.

Früher.

Er ist nicht nur Steuermann. An das Schild mit dem Fahrplan am anderen Ufer hat der Kapitän einen Handwagen gekettet. Die Arbeiter und Schüler haben das Schiff verlassen. Der Kapitän sagt: Wie immer. Das sagt er samstags. Samstags ist Fischtag. Er geht in die Kajüte, um den Schlüssel für die Kette und die Luftpumpe zu holen. Zuerst wird die Kette aufgeschlossen. Dann werden die Reifen aufgepumpt. Es ist erst seine dritte Woche, aber er weiß, Luft in die Reifen zu pumpen gehört zu seiner Arbeit wie das Seilwerfen und das Kassieren. Der Kapitän ruft: Schon wieder. Wir müssen den Handwagen im Schuppen am Bahnhof unterstellen. Das gehört auch dazu. Die Arbeiter und die Schüler sind nicht mehr zu sehen. Fast schon hell ist es. Der Bahnhofsvorsteher ruft ihm zu: Frische Fische. Ihm werden vier Spankörbe überreicht, die er auf seinen Handwagen packt. Fische aus Hamburg. Für die Linde. Für die Traube. Die Bestellungen während der Woche liefert er in den Pausen aus. Da fällt immer was für ihn ab. Eine Süßigkeit. Ein paar Groschen. Nur die Fische nicht. Die Fische darf er abholen, aber nicht ausliefern. Das ist allein Sache des Kapitäns. Der bekommt dann einen Schnaps hingestellt.

Früher.

Also im Winter 62/63.

Er geht in die neunte Klasse. Er zieht die Mütze vom Kopf. Im Schiff wird ihm immer gleich wärmer. Der Kanonenofen heizt den Raum auf, das enge Nebeneinandersitzen auf den Holzbänken tut ein übriges. Er hört, wie der Kapitän ruft: Schon wieder. Wir müssen den Handwagen im Schuppen am Bahnhof unterstellen. Er dreht sich um und sieht, wie Robert Teiler hinter der Bahnschranke nach links abbiegt. Er weiß: Robert stammt aus der Seegemeinde. Fährt bei jedem Wetter in der Früh nach Bodman. Mittags ist er an der Reihe, die Luft aus den Reifen des Handwagens zu lassen. Sie wechseln sich ab. Die Jüngeren dürfen das nicht. Auf dem Schiff wird gesagt: Wenn das so weitergeht, werden wir bald den Bus nehmen müssen.

Noch einmal.

Ein bißchen später.

23. Januar. Früh morgens. Er ist aufgewacht und hat die Wellen nicht mehr gehört. Er weiß, was passiert ist. Unten an der Anlegestelle stehen schon die anderen. Seine Schulkameraden, die Arbeiter. Sieh mal, die Wellenberge. Die Wellen sind so deutlich zu sehen wie noch nie. Einen Meter hoch, wenn nicht mehr. Wie überrascht stehen sie da. Als ob sie nicht die monatelange Kälte, sondern ein schneller Griff ins Eis gepackt hätte. Der Kapitän winkt ab. Robert Teiler steht daneben, Handflächen und Kinn auf einen Besen gestützt. Oben an der Straße, wo sie alle auf den Bus warten, wird das gesagt, was in den vergangenen Tagen gesagt worden ist. Seegfrörnen gibt es nur bei lang anhaltendem Ostwind. Seit November vergangenen Jahres hat er ununterbrochen geweht. Die Schule beginnt mit einer Stunde Verspätung.

Höfe: Also auch dafür sei der Ostwind verantwortlich.

Ohne de Oschdwind isch de Boddesee it de Boddesee, versichert ihm der Kapitän.

Erzählen Sie mehr von Robert Teiler.

Ob er zum Seidel gehe. Dann solle er doch den fragen. Die seien doch immer beieinander gesessen. Als Kinder.

Höfe dämmert es.

Die tieffliegenden Möwen mit ihren weit gespreizten Flügeln sind Wegweiser. Die Berge sind tatsächlich nur Wolken.

Der Kapitän greift nach dem Mikrofon. In Kürze erreichen wir Überlingen.

Überlingen, das Gefängnis. Abgeschirmt vom See mit Sandsäcken und Bauzäunen.

Der Kapitän brauche nicht auf ihn zu warten, meint Höfe. Zurück nehme er den Bus.

Elf Uhr, hatte Frau Müller am gestrigen Abend noch gesagt, solle es losgehen. Höfe humpelt die Promenade entlang. Schneller hätte er nicht gehen wollen, schneller hätte er auch nicht gehen können. Von der Ankündigung weiteren Regens hat sich niemand abhalten lassen. Alle wollen den Reiter vom Bodensee sehen, der jetzt noch in Mülltüten gewickelt ist. Bewundert werden können schon zwei steinerne Flossen von Seejungfrauen. Mit Hilfe seiner Krücke schiebt sich Höfe nach vorn.

Alles, was Rang und Namen hat, treibt sich am Brunnen herum. Der Bürgermeister von Überlingen ergreift das Wort und macht einen Ausflug in die Vergangenheit. Die Schwierigkeiten der Finanzierung. Das Problem, einen geeigneten Standort zu finden. Die Einigung nach langen Diskussionen. Er spricht Dank aus. Zuletzt den städtischen Angestellten. Sie hätten es ermöglicht, daß trotz der widrigen Umstände die Feier stattfinden könne. Er erwähnt die Schwäne, die auf der Uferpromenade ihre Jungen ausbrüten. Die Sandsäcke, die das Wasser fernhalten. Wie am Schnürchen reihen sich die Ereignisse aneinander.

Flink entfernen als Nixen verkleidete Frauen die schwarzen Tüten, der Bürgermeister darf, mit Nixenhilfe, die letzte oben auf dem Sockel entfernen.

Der Reiter trägt das Gesicht eines berühmten Heimatdichters, geboren und groß geworden am anderen Ende des Sees. Die Mütze hat einen Schild und zwei Seitenklappen. Die Klappen, unter dem Kinn mit einer Schnur zusammengebunden, schützen die Ohren vor Kälte. Die Brauen sind ausladende Strohdächer, die die Augen in den Schatten stellen. Dagegen schiebt sich die Nase hell und klar nach vorne. Die Mundwinkel: heruntergezogen. Glücklich sieht der Dichter nicht aus in der Heimat, aber dabei wird der Künstler an die grimmige Kälte gedacht haben, die damals über Land und See lag. An den Füßen trägt der Dichter Schlittschuhe. Falls das Pferd schlappmacht. Das Pferd hat den Schwanz eingekniffen. Der Kopf ist nach unten gebeugt, der Hals in die Länge gezogen. Die Augen aufgerissen und verdreht. Das kann heißen: Angst, Langeweile, Müdigkeit, Altersschwäche. Kaum sind die Tüten entfernt, läßt sich eine Möwe auf der Mütze nieder. Dort verharrt sie regungslos. Als wolle sie zeigen, daß sie zum Kunstwerk dazugehöre.

Bevor der Bürgermeister nach getaner Enthüllungsarbeit den Brunnen verlassen kann, treffen ihn die Fontänen. Er sieht dann aus, als wäre er im Anzug schwimmen gewesen. Einige halten es für ein abgesprochenes Spiel, der Bürgermeister sieht nicht danach aus.

Der Künstler steigt in den Brunnen, redet einen Satz und einen halben, dann ist er wieder heraus aus dem Brunnen.

Das Publikum hat keine einhellige Meinung. Es sagt ah und oh, es sagt Kleinod und Schatz, es sagt furchtbar, diese hängebusige Seejungfrau. Überhaupt gehen die Meinungen auseinander angesichts der vielen nackten Tatsachen.

Höfe hätte den Künstler, der einige Meter entfernt von ihm unter einem Schirm wild gestikuliert, gern nach der Seegfrörne gefragt. Und bei dieser Gelegenheit gleich nach Teiler. Vorher war ihm das nicht eingefallen. Da mußte erst der Kapitän kommen. Obwohl er die Zeitungsartikel so oft gelesen hatte.

Die Annäherung auf Armeslänge hätte er sich sparen können, der Künstler hat Wichtigeres zu tun. Höfe winkt mit seiner Krücke, um auf sich aufmerksam zu machen. Nichts. Seidel hört sich die Ausführungen des Bürgermeisters an über die Lage der Kunst am Ende des Jahrhunderts. Die alles in allem nicht ohne Hoffnung sei. Wenn auch in einer schwierigen Situation. Andere stehen schon Schlange. Höfe, nun einmal anwesend, hört mit. Tausend andere Ohren auch.

Einer sagt: Ich bin Stadtrat und werde gegen Ihren skandalösen Brunnen vorgehen. Die Seejungfrau muß weg.

Glück hat Höfe erst vor dem zur Toilette umfunktionierten Bauwagen. Er stellt sich vor. Chronist der Seegemeinde sei er. Bei seinen Nachforschungen sei er auf einen Vorfall gestoßen. Seidel will wissen, weshalb die Seegemeinde eine Chronik brauche. Höfe verweist auf die Bedeutung der Vergangenheit für die Gegenwart. Erst die Vergangenheit gebe der Gegenwart eine Richtung. Ohne sie herrsche im Leben der einzelnen Gemeindemitglieder ein heilloses Durcheinander. Höfe hätte noch mehr gewußt. Seidel jedoch macht ihn auf den Druck auf seine Blase aufmerksam und verschwindet im Bauwagen. Höfe folgt ihm, bittet um Informationen über Robert Teiler.

Ich sag Ihnen mal was. Über den müden Gaul da oben kann man viel spekulieren. Das ist auch gut so. Sehen Sie, das war einer von Roberts Wünschen, mit dem er uns täglich in den Ohren lag. Einer von vielen. Dieser eine war da, seit der See unter Eis lag. Wir konnten's schon nicht mehr hören.

Seidel knöpft sich den Hosenladen auf.

Ganz schnell über den vereisten See reiten. Aber die Eltern besaßen nur einen alten Ackergaul. Der hätte es wohl auch getan, aber der war tabu. Der stand im Stall, auf der Weide, wie ein Ausstellungsstück. Füttern durften wir ihn und striegeln.

Teiler reitet im Galopp über den zugefrorenen Bodensee. Höfe faßt ihm um die Hüften. Der Wind weht hart von Osten, unter dem Eis hat die Nacht kein Ende. Winkende Menschen links und rechts. So reitet Teiler dahin, Höfe im Schlepptau, nach einiger Zeit verschwinden sie dort, wo das Eis zu Himmel wird.

Seidel knöpft sich den Hosenladen zu.

Was ist denn mit Ihnen passiert? Ach ja, der Robert hat auch gehinkt.

Nein, in den nächsten Wochen sei er nicht zu erreichen.

Seidel wäscht sich die Hände.

Was weiß ich, wie es passiert ist. Ich weiß nur, Robert hat sich viel zu gut ausgekannt am See, um dort nachts alleine auf Eisschollen herumzuspringen. Nie und nimmer ist er ertrunken. Ich sag Ihnen was. Der hat die Nase voll vom Bauernhof gehabt. Vom Wasser und vom Wald dahinter. Vom über den See fahren und das Seil über einen Holzpfahl werfen. Der hat die Gelegenheit genutzt und ist abgehauen. Einen Strich gezogen und gesagt: Das ist meine Stunde Null.

Wie im Malteser Falken, sagt Seidel. Sam Spade sitzt mit einer Klassefrau in seinem Schlafzimmer und wartet auf diesen kleinen wie heißt er noch gleich. Jedenfalls erzählt der Detektiv, damit der Frau das Warten nicht zu lang wird, eine Geschichte von einem Mann, der ein stinknormales Leben geführt hat. Sie wissen schon, Autohaus, Frau, Kind, nachmittags ging er Golf spielen. Und dann ist er plötzlich wie vom Erdboden verschwunden. Spade wird beauftragt, ihn zu suchen, reist kreuz und quer durch das Land. Schließlich findet er ihn auch, in Seattle oder San Francisco. Der Verschwundene will aber nicht zurück ins Autohaus. Er will verschwunden bleiben. Spade drückt beide Detektivaugen zu. Der Verschwundene hat von da an ein wunderbares Leben geführt. Glaub ich jedenfalls.

Gemeinsam verlassen sie den Bauwagen.

Wieso die Seejungfrau ihren rechten Arm in die Höhe hebe, will Höfe noch wissen.

Fragen Sie sie selbst, sagt der Künstler und geht zurück zu seinem Brunnen.

Der Schritt von der Straße ins Kino lenkt Höfe mitten hinein in einen Traum.

Nachmittagsvorstellung. Außer Höfe verlangt ein älteres Ehepaar nach Karten. Niemand sonst will den Film sehen.

Hi-Lo Country.

Ein Land, wo auch nach dem Zweiten Weltkrieg noch Cowboys wachsen. Die Rinder von links nach rechts und weiter, aus dem Bild hinaus, laufen. Den Western erkennt man daran, daß der Himmel zwei Drittel des Bildes einnimmt. Mit hängenden Wolken. Roten Sonnen.

Zwei Männer, eine Frau. Die besten Freunde, heißt es im Film immer wieder. Das höchste für sie ist der Viehtrieb zu Pferde. Sie umarmt und küßt den einen, der andere schaut zu oder fährt davon. Der von der Frau Geliebte ist tot am Ende, erschossen von seinem jüngeren Bruder. Ein Feigling, ein Haderlump, dieser jüngere Bruder.

Zwei Sätze, die hängenbleiben. Der eine Satz: Schau dir diesen schlaffen Sack an. Der andere: Es geht nichts über ein gutes Pferd.

Vor einer Kirche wartet der von der Frau Verschmähte während der eineinhalb Stunden des Films. Er läuft in die Vergangenheit zurück, ein Gewehr in der Hand. Will den jüngeren Bruder erschießen. Wild entschlossen steht er da zu Beginn des Films. Am Ende steckt er unverrichteter Dinge das Gewehr in den Sattel und reitet im Galopp in den Sonnenuntergang und nach Kalifornien. Der Film hat dieses Ende verdient, der Nachmittag den Kurort noch nicht verlassen. Menschen huschen über die Promenade, verschwinden in den Cafés und schütteln ihre Regenschirme aus. Höfe ist mit dabei. Der See belagert die Sandsäcke.

Höfe verwandelt den Ackergaul der Teilers in ein schnelles Pferd.

Den einen Freund in den kleinen Bruder.

Für die Frau sucht er nach einem Einfall.

Teiler verschwindet auf seinem Geburtstagsfest im Stall und küßt ein Mädchen, das Gabriele heißt. Die beiden kommen heraus und das Stroh im Haar ist gut genug für eine kräftige Ohrfeige. Die stammt vom Vater, in einer zweiten Version von der Mutter.

Teiler und ein Mädchen namens Anna nehmen den Akkergaul, der ein Rennpferd ist. Auf der nahegelegenen Weide reiten sie im Wind, von rechts nach links, von links nach rechts. Vor einem kahlen Baum steigen sie ab.

Zusammen klettern sie hoch und betrachten den Sonnenuntergang.

Teiler reicht dem Mädchen, das Melanie heißt, ein Stück Kuchen. Er schaut unentwegt auf sie, sie auf den Kuchen. Vater Teiler macht ein Foto. Auf diesem, das irgendwann wieder auftauchen wird, sieht Teiler richtig verliebt aus. Der schiefe Mund. Der Kuchen, der dabei ist, vom Teller zu fallen.

Höfe kommt an kein Ende.

Die Liebesgeschichte wird auf einem anderen Blatt stehen müssen.

Jetzt zum Bus.

Jetzt zum Fest.

Die Gemeindemitglieder, auf dem Weg zum Rezitationsabend, tragen eine Plastiktüte in der Hand. Bis auf Höfe. Der hat genug zu tun mit seiner Krücke. Der konnte seine Tüte an Anton abgeben. Frau König: In unserer festlichen Kleidung ist die Überschwemmung nichts als eine Zumutung. Sehen Sie mich nur an. Wie eine Bäuerin im Abendkleid auf dem Weg zum Kuhstall. Alle, die auf dem Weg zur Veranstaltung in der Obsthalle sind, tragen Gummistiefel an den Füßen. Ohne Rücksicht marschieren sie durch Schlamm und Pfützen. Anton redet sich warm. Deutscher, bedenke die Herkunft. Bedenke, daß deine Gegenwart gefüllt ist mit dem Schicksal all deiner Vergangenheit.

Er sei es gewesen, verrät Anton Höfe, während sie Mantel, Schirm und Gummistiefel an der Garderobe abgeben und ihre Halbschuhe aus der Tüte nehmen, der mit der Idee, eine Chronik zu schreiben, an die Öffentlichkeit gegangen sei. Ihn habe das schon jahrelang gewurmt, bis in den Schlaf verfolgt habe es ihn, daß seine Gemeinde keine Geschichte habe. Denn letztendlich hieße das nichts anderes als geschichtslos dahinzuleben. Da könnten auf noch so vielen Speichern Tagebücher vergammeln, Zeitungen, Kirchen- und Gemeindenachrichten vor sich hinmodern. Da könnten noch so viele sagen, früher war das so und so. Da müsse einer kommen, habe er immer gesagt, der alles in die Hand nehme. Kräftig zupacke. Sonst sei es wertlos. Plunder.

Das Archiv sei der erste Schritt. Damit sei er vollauf beschäftigt. Noch eine Aufgabe hätte seine Kräfte überstiegen.

Mit einer Chronik stünden sie ganz anders da. Eine Gemeinde mit Chronik sei mit einer ohne gar nicht mehr zu vergleichen. Die Gemeindemitglieder. Die das Buch mitnehmen könnten, wenn sie verreisen. Zeigen oder gleich verschenken. Die sich auf dieses Buch berufen könnten. Ohne Wenn und Aber. Schau her, da steht es schwarz auf weiß. Jeder Einwand könne durch einen kurzen Griff nach der Chronik unter den Tisch gekehrt werden.

Danke, daß du den Diaprojektor bedienst.

Während Höfe den Projektor einschaltet, macht Anton eine letzte Stimmübung. Er richtet sich groß auf. Zieht den Mund in die Breite. Er schiebt die Lippen weit nach vorne. Fährt ein paarmal mit dem Finger darüber. Dann artikuliert er: Deutscher, sei deiner Vergangenheit trächtig, wie der Mittag von seinem Morgen gefüllt ist.

All die, die Höfe kennt, haben sich versammelt. Und einige mehr. Drängen sich in die ersten Reihen. Höfe lauscht jeder Stimme. Der schlurfenden des Gemeindearbeiters, bei dem ganze Worte in der Pfeife verschwinden. Der schnellen Frau Schwenks, die bei einem Satz immer schon dem nächsten hinterherrennt. Der Stimme des Bürgermeisters, die stets des öffentlichen Amtes gedenkt. Der des Kioskbesitzers, in der der Geruch gebratener Würste mitschwingt. Den zwei Stimmen der Bäckereiangestellten, der mürrischen und der fröhlichen. Seiner eigenen. Die so trocken daherkommt wie die eines Nachrichtensprechers. Den Stimmen der jungen und der älteren Frau Müller. Den blumigen der Forchts. Der murrenden Stimme des Wirts. Der Kölschen von Herrn Haverstock. Alle Stimmen verstummen, als Anton nach vorne geht. Er stellt sich neben das Rednerpult, kündigt den jedem Mitglied der Seegemeinde bekannten Dichter Wilhelm Schäfer an und beginnt ohne Umschweife zu rezitieren.

Der Dichter erkennt die politischen Grenzen eines Staates nicht in jedem Falle an. Gehen sie mit den Grenzen eines Volks nicht überein, geht er über sie hinweg wie ein Bauer über einen Regenwurm. Noch nie wurde Recht durch Unrecht geschaffen. Und das Recht eines Volkes ist kein Papier, sondern Natur: Natur entscheidet zuletzt über alle Dinge. Natur ist, daß die Deutschen in Österreich, im Elsaß und in der Schweiz, in Schleswig, Preußen, Posen und Danzig, Schlesien, Böhmen, Tirol zusammengehören, in einer Einheit, die Deutschland heißt. Der Bodensee ist daher von Natur wegen kein Grenzgebiet, wie fälschlicherweise oft angenommen wird, sondern deutscher Vollbesitz. Auf allen Seiten ist er von deutscher Sprache und Kultur umgeben, und nie ist an seinen Ufern ein welscher oder slawischer Laut erklungen.

In den Rezitationspausen werden Bilder an die Wand geworfen, die Anton mit einem Kommentar versieht. Das ist Wilhelm Schäfer bei einem Spaziergang auf dem

Guggenbühl. Wie er sich nach vorn bückt, ganz versunken in den Anblick einer Blume. Aber er war nicht nur ein Liebhaber der Natur. Er stand mit beiden Beinen im Leben. Bitte das nächste Dia. Das Bild zeigt den Dichter in Gummistiefeln und Latzhose, wie er die Hühner füttert. Die bilden, teils mit weit offenen Flügeln, teils den Kopf vornüber gebeugt, erstarrt, einen Kreis um den Dichter.

Hier sehen Sie unseren Dichter beim morgendlichen Spaziergang auf dem Spittelsberg. Ein Einzelgänger war er. Der Hut, den er trägt und den er auch auf allen anderen Spaziergängen trug, ist unverwechselbar. Wenn man diesen Hut im Wald hinter Ästen durchschimmern sah, dann wußte man sofort: Der Dichter ist unterwegs. Wenn Höfe nach vorne schaut, erkennt er die Handschrift von Friseur Uhl. Alle Männer sitzen da mit sorgfältig ausrasierten Nacken. Nur der Friseur nicht. Der sitzt da gänzlich ohne Haare. Vor ihm hört er die junge Frau Müller ihrem Verlobten zuflüstern, daß sie das nicht glauben könne. Das der Herbstetter alles frei vortrage. Wo er doch ziemlich abgebaut habe in den letzten Jahren. Vielleicht erzähle er einfach, was ihm gerade durch den Kopf geht.

5

An diesem Morgen haben Höfe und die junge Frau Müller im Lichtkegel des Scheinwerfers mehrere tote Tiere entdeckt. Einem Fuchs, dessen vordere Hälfte platt auf den Boden gedrückt ist, fährt der Wind durch den Schwanz. Ein Hase liegt mitten auf der Straße. Der muß frisch überfahren worden sein. Da ist trotz zügiger Fahrt Blut zu erkennen und Eingeweide, die aus dem Körper herausgequollen sind. Hinter einem Waldstück schließlich, dort wachsen knorrige Apfelbäume auf einer Wiese, trifft der Scheinwerfer auf eine Katze. Von der ist nicht mehr viel übrig. Die wird bald ganz verschwunden sein. Frau Müller ruft ihm etwas zu, etwas mit Sauwetter und trüb. Höfe, abwesend in Gedanken, schreckt auf. Kurz wendet er sich ihr zu und nickt.

Gott sei Dank sind auch andere Autos unterwegs, hört er sie jetzt klar und deutlich. Wenigstens kommt so Farbe in die Landschaft. Die Tochter seiner Vermieterin und er sind auf dem Weg nach Konstanz. Höfe, um Pater Eichenseer zu treffen und im Südkurier-Archiv Nachforschungen anzustellen. Frau Müller zur Begleitung. Auf ausdrücklichen Wunsch des Bürgermeisters. Begleiten Sie ihn mal, hatte er gesagt. Er ist fremd hier. Sonst geht er uns auf dem Weg in die Stadt noch verloren.

Frau Müller: Das Schönste an Bodman ist der Blick auf unser Dorf. Ich werde Ihnen schon noch ein paar Sprüche beibringen. Die wir mit der Muttermilch aufgesogen haben. Und die Sprache hier hat auch ihre Feinheiten. Wissen Sie, was Herdepfelstock ist? Kennen Sie allefenzig? Natürlich nicht. Ich bemühe mich, Hochdeutsch zu sprechen.

In der neunten Klasse hat die Lateinlehrerin eine Freundin und mich nach dem Unterricht nach vorne gebeten. Margret, Michaela, hat sie gesagt, auf dem Gymnasium müßt ihr euch eine andere Sprache angewöhnen.

Sind Sie in einer Stadt aufgewachsen?

Höfe bedankt sich. Er versuche, die Worte zu behalten. Er schätzt seine Beifahrerin auf Mitte zwanzig. Kurz schaut er auf ihr Haar, mit einer Spange stramm nach hinten gebunden. Sie trägt einen langen Rock, der sich beim Gehen öffnet. Ihre offenen Schuhe mit breitem Absatz liegen auf der Fußmatte.

Macht es Ihnen etwas aus, wenn ich das Fenster öffne? fragt Frau Müller. Hell wird es nicht, aber schwül ist es bereits am frühen Morgen. Stört es Sie, wenn ich rauche? Stört es Sie, wenn ich das Radio einschalte?

Sie müsse nicht mitkommen ins Archiv und in die Bibliothek, meint Höfe.

Nennen Sie mich Margret. Es geht nichts über eine offizielle Fahrt ins Blaue. Da muß ich mich beim Bürgermeister bedanken.

König besitze ein unsichtbares Zepter. Ob er bemerkt habe, wie König immer leicht den linken Arm hebe. Als wolle er seine Umgebung auffordern, ihm zu huldigen. König müsse das irgendeinem Mantel-und-Degen-Film abgeschaut haben.

Rock am See. Kennen Sie das?

Sie zählt Namen auf, Lenny Kravitz, der wird Fly Away singen, Die Fantastischen Vier, Skunk Anansie, Fun Lovin' Criminals. Im Bodenseestadion. Ab elf Uhr morgens. Es wird immer voller. Wer den Bands nahe sein will, muß sich prügeln. Seit sechs Jahren habe ich kein Konzert ausgelassen.

Am Straßenrand taucht ein Ortsschild auf: Langenrain.

Kommen Sie doch einfach mal mit.

Höfe zieht seinen Bauch ein.

Die riesige Parkanlage, bis zum Ausgang mit Menschen vollgestellt. Kaum lassen sich die Arme aus dem Geschiebe der Leiber ziehen, um sie nach oben zu halten und zu klatschen. Höfe und Margret befinden sich im hinteren Drittel. Sie ist ganz eingestellt auf die Musik. Wenn auch ihre Stimme nicht zu hören ist, Höfe kann jedes Wort, das vorne auf der Bühne in die Menge gesungen wird, auf ihren Lippen sehen. Bei Skunk Anansie, bei Fun Lovin' Criminals hat Höfe nur geschaut. Kaum nach vorne, meist schräg nach hinten. Auf ihre im Halbdunkel fast durchweg geschlossenen Augen. Ihren auf und zu gehenden Mund. Er bemüht sich, durch intensive Mimik, durch den ununterbrochen starr auf sie gerichteten Blick, sie auf sich aufmerksam zu machen. Vergeblich. Erst bei Lenny Kravitz ist Höfe mutiger. Fly Away nimmt er als sein Stichwort. Er bekommt ihre Hand zu fassen, nimmt ihr das Feuerzeug aus der Hand, mit dem sie eine Wunderkerze anzünden wollte. Jetzt sei es an der Zeit zu gehen. Senkrecht fliegen sie nach oben, in eine Höhe, die die Menge zum Verschwinden bringt. Dort, knapp neben dem Mond auf einer Schaukel, ist Höfe Kavalier und Liebhaber der feinsten Art. Immer zum Rhythmus von Fly Away.

Margret lacht: Das Alter schützt nicht vor Scherzen. Jetzt entschuldigt sie sich für ihre Einladung. Gleich sind wir in Dettingen, sagt sie.

Die Schwüle, Vorhut des nächsten Gewitters, macht vor dem Archiv nicht halt. Die ist mit Höfe aus dem Auto gestiegen, hat wie er, nur schneller, die Stufen zum ersten Stock genommen und vor ihm den Nordflügel des Südkuriers betreten. Sie ist schon auf dem Stuhl, an den Höfe mit einem übervollen Pappkarton verwiesen wird, und klebt seinen Hintern auf die Sitzfläche.

Der Ertrag ist weniger als spärlich. Höfe trägt ein paar kopierte Seiten vor sich her. Zwei über die Seegemeinde im Winter 1963. Eine Rezension von Pater Eichenseers De lacu Brigantino congelato. Und einen Nachtrag zur Rezension. Alles andere ist ihm bekannt. Die Artikel über Teilers Verschwinden. Der Bericht über die Böllerschüsse.

In der Zeitung wird zwei Tage nach der ausführlichen Rezension vom 25. Januar 1964 eine zwölfzeilige Beichte hinterhergeschickt und um Vergebung für die mangelhaften Lateinkenntnisse gebeten. Im zitierten Gruß des Paters an den verehrten Bürgermeister habe sich ein m eingeschlichen. Selbstredend müsse es pluriam statt plurimam heißen. Außerdem dürfe man die Tücken der Groß- und Kleinschreibung im Lateinischen, insbesondere bei Ortsnamen, nicht unterschätzen. Vor denen ist dann auch die Zeitung selbst nicht ausreichend gefeit gewesen. Ihre Gewissenserforschung endet bei den Punkten auf einem Umlaut: Lapidär sei falsch, lapidar dagegen richtig.

Die magere Ausbeute zeigt Höfe dem Archivar. Sie müssen noch Schwabs Gedicht kopieren. Von dem sind die Leser in den Seegfrörne-Zeiten keinen Tag verschont geblieben. Der Archivar begleitet Höfe zurück an seinen Platz. Vor allem aber müssen Sie sich der Eisprozession von Münsterlingen nach Hagnau und zurück widmen.

Er greift in den Karton wie in eine Lostrommel und fördert die Titelseite vom 13. Februar 1963 zutage. Damals stand der Südkurier in seinem 19. Jahr und war für 25 Pfennig käuflich zu erwerben. Sehen Sie, sagt der Archivar. Höfe sieht die Schlagzeile: Johannes wieder zu Hause, und darunter eine Büste, aufgebahrt auf ein in Tannenreis gepacktes Holzgestell. Johannes hat den frisch ondulierten Kopf schiefgelegt, seine Augen verdreht, sein Mund ist ein Strich, in den Winkeln nach unten gezogen. *Am 12. Februar*, liest der Achivar vor, *wurde die Johannes-Büste nach 133 Jahren Abwesenheit heim ins Münsterlinger Gotteshaus gebracht. Glocken läuteten, Musik spielte und alles war in froher Erregung*. Höfe beugt sich über die Schulter des Archivars und weiß nun, daß die Prozession für den einfachen Weg von acht Kilometern zwei Stunden unterwegs gewesen war. Er gibt zu verstehen, daß er nicht Chronist von Münsterlingen oder Hagnau und schon gar nicht einer Johannes-Büste sei. Worauf der andere beleidigt abzieht.

Informationen zur Dicke des Eises, das liest Höfe quer, notiert ein Bürger aus Überlingen in der Zeitung. Tabellarisch ordnet er die Eisdicken von Obersee, Untersee und Überlinger See nebeneinander an.

Die Zeitung erteilt dem Laien Unterricht in Sachen Bodenseephysik und bringt ihm zu Bewußtsein, daß er keine Vorstellung von dem ungeheuer großen Kälteaufwand habe, der nötig sei, um einen See von der Größe des Bodensees zum Gefrieren zu bringen.

Häufig verwendet sie das Wort Eispanzer.

Sie gibt sich geduldig. Wie kommt das Eisdonnern zustande? fragt sie und hält mit einer Antwort zwei Zeilen lang hinterm Berg. Das dumpfe Krachen, das mit dem Aufspringen der langen Risse, der Wunnen, einhergeht, stellt sich vorwiegend in der Zeit um den Sonnenuntergang ein und klingt nach einigen Stunden, um 20 oder 21 Uhr, wieder ab. Das Eis, so der abschließende Kommentar, donnert im allgemeinen nur dort, wo es die Dicke von Porzellan hat, aus dem alte Damen ihren Fünfuhrtee trinken.

Sie eilt Eisseglern und auf dem Eis landenden Segelfliegern hinterher und fragt nach ihrem Befinden. Denn sie ist in Sorge. Wer zu nah am Wasser segelt, muß damit rechnen, naß zu werden, sagt sie und warnt: Stetes Segeln höhlt das Eis. Auch den eishungrigen Fußgängern steht sie mit Rat und Tat zur Seite. Sie holt den Eismeister ans Mikrophon, der die Gefahren gefrorenen Wassers in den traurigsten Farben schildert: Nicht nur Ausrutschen ist ihm zufolge möglich, auch Ertrinken.

Nur eine weitere Besucherin läßt sich an diesem Vormittag im Archiv blicken. Die verlangt eine Ausgabe der letzten Woche und beklagt sich über die schlechte Luft. Höfe schaut nur kurz auf von seiner Lektüre, nimmt sein Taschentuch und wischt sich über die Stirn.

Samstag, 26. Januar 1963. Der Überlinger See beginnt zuzufrieren. Gestern erstmals seit achtzig Jahren auf Schlittschuhen nach Bodman. – Die lang anhaltende strenge Kälte hat das Wasser des Bodensees stark abgekühlt. Hinzu kam in den letzten beiden Tagen ein Nachlassen des Windes und damit des Wellengangs auf dem See. Beide Geschehnisse haben jetzt dazu geführt, daß sich im Überlinger See ein seltenes Naturereignis anbahnt. Der See beginnt von Ufer zu Ufer zuzufrieren.

Am See-Ende hatte sich gestern schon eine etwa fünf Quadratkilometer große geschlossene Eisdecke gebildet. Ein junger Mann hat ihn dann auf Schlittschuhen, zur Sicherheit eine lange Leiter vor sich herschiebend, überquert. In Bodman angekommen, wurde er gleich in das Gasthaus Linde zum Feiern geführt.

Während am Seeufer zwischen Bodman und der Marienschlucht bereits Eisflächen weit in den See hineinragen, sind an der gegenüberliegenden Seite zur Zeit nur wenige zu finden. Eisflächen treiben jedoch in größerer Zahl auf dem Überlinger See. Inwieweit das Eis am See-Ende sicher betretbar ist, wird heute ein Eismeister des Wasser- und Straßenbauamtes Konstanz feststellen.

Der Schiffahrtsverkehr ist seit vorgestern eingestellt. Für Kapitän Elmar Dörfer und seinen Steuermann Robert Teiler besteht dennoch keine Möglichkeit, in Urlaub zu fahren. Sie müssen regelmäßig die Eisschicht um das Motorschiff Frauenberg herum aufhacken.

Höfe lehnt an der Reling der Frauenberg. Vor ihm auf dem Eis spielen Dörfer und Teiler Fangen. Der Kapitän schlittert und fällt, sein Steuermann rutscht hinterher. Dörfer: Jeden Tag dieselbe Schufterei. Teiler rappelt sich auf: Geben Sie acht, ruft er Höfe zu. Nachher steige ich auf mein Pferd und reite im Galopp bis ins Österreichische.

Über die weite Fläche zwischen den beiden Seegemeinden hört man das echoreiche Krachen, wenn sich Risse im Eis bilden. Das geschichtliche Ereignis zieht jetzt die Bevölkerung an. Scharenweise wird auf dem Eis das Naturereignis bestaunt. Daß dies aber ein sehr gefährliches Unternehmen ist, muß an dieser Stelle besonders vermerkt werden. Das Bürgermeisteramt weist im Einvernehmen mit dem Landratsamt darauf hin, daß die Eisfläche durch das zuständige Wasserbauamt Konstanz noch nicht freigegeben worden ist. Vor dem Betreten der Eisflächen außerhalb des unmittelbaren Uferbereiches wird daher dringend gewarnt. Bei Unfällen wird keinerlei Haftung durch die Behörden übernommen. Eltern werden dringend gebeten, ihre Kinder entsprechend zu belehren.

Montag, 4. Februar 1963. 2 500 heiße Würste waren noch viel zu wenig. Rund 7 000 Menschen waren beim Eisfest auf dem See. Gaststätten hatten Hochbetrieb. – In der Seegemeinde und bis weit ins Hinterland spricht man seit Sonntag nur noch vom Eisfest. Die Schätzungen bezüglich der Besucher schwanken zwischen sechs- und siebentausend. Da kein Eintrittsgeld erhoben wurde, läßt sich die genaue Zahl wohl nie feststellen. Kaum angekommen auf dem Eis, reihten sich die Besucher hinter den Wurstständen auf. Bereits nach wenigen Stunden war von den 2 500 Würsten keine mehr übrig. Bei der nächsten Seegfrörne, sagten die Wurstverkäufer, werden wir auf den Massenandrang vorbereitet sein.

Höfe reiht sich in die Schlange vor dem Bratwurststand ein. Vor ihm wartet, ein Bürger unter anderen, Bürgermeister Kluge. Also Ihre Ansprache, da hat's richtig geknistert vor Spannung, ruft ihm der Viehhändler zu, der, eine Kuh im Schlepptau, das Warten auf die Wurst bereits hinter sich hat. Sein Lob ist ein Vorwand. Sogleich beginnt er, seine Kuh zu melken, mitten auf dem Eis. Er brauche den Bürgermeister als Zeugen. Das Gerücht, das die Milch seiner Kuh sauer geworden sei, nachdem er mit ihr aufs Eis hinausgefahren war, wolle er ein für allemal aus er Welt schaffen. Seine Kuh, und diese Kuh stehe stellvertretend für alle seine Kühe, gäben an jedem Ort der Welt Milch. Und zwar gute.

Schlittschuhe sind in den umliegenden Städten längst ausverkauft. Wer sich dem Eislauf hingeben wollte, mußte entweder die verrosteten Schlittschuhe aus Vaters Rumpelkiste ausgraben oder aber die Fahrt in eine seeferne Stadt in Kauf nehmen. Einige fuhren bis nach Ulm oder Stuttgart, um sich Schlittschuhe zu besorgen. Die allermeisten Besucher begnügten sich aber mit einem Spaziergang auf dem Eis.

Hier waren viele in der Nähe der hiesigen Musikkapelle zu finden, die ungeachtet des rutschigen Untergrunds einen Marsch nach dem anderen zum besten gab. Manchmal war es dem Eismeister und seinen Gehilfen nicht mehr ganz geheuer und sie forderten die Besucher immer wieder auf, nicht zu lange auf derselben Stelle zu verharren. Das Eis, so der Eismeister, ist zwar etwa fünfzehn Zentimeter dick und hält große Belastungen aus, es ist jedoch unklug und höchst gefährlich, es aufs Äußerste ankommen zu lassen.

Jung und Alt hatte abseits der abgesteckten Strecke eine spiegelblanke Eisfläche entdeckt, auf der bis in die Dämmerung hinein Eishockey gespielt wurde. Die Gemeinde hat gestern diese Fläche vom Neuschnee befreit, so daß die Eishockeyspieler auch weiterhin ihren Spaß haben. In der Zwischenzeit haben die besonders Aktiven ihre primitiven Hockeyschläger durch komplette Ausrüstungen ersetzt. Sie hoffen, diesen rasanten Sport noch wochenlang ausüben zu können.

Glücklich kreist Höfe in seinen geliehenen Schlittschuhen übers Eis, drückt die Wurst in den Senf und ruft dem Eishockeyspieler Müller zu: Wenn du fertig bist, üben wir uns im Paarlauf. Der Huber Franz zeigt sich wieder mit einer Leiter, der hat bald einen neuen Namen weg. Teiler steht auf dem Eis vor der Hafenmauer und sieht einem Segelschlitten hinterher. Oder einem Reiter, der mit seinem Pferd elegant über Hürden springt.

Unter den Eisgängern sah man am Wochenende auch Landrat Freiherr von Gleichenstein. Er überbrachte nach Bodman die Glückwünsche zu einem neunzigsten Geburtstag und zog es vor, den Weg dorthin zu Fuß über das Eis zurückzulegen. Am späten Sonntagabend wagte sich der komplette Gesangverein der Seegemeinde aufs Eis und am Ufer hörte man immer wieder die Melodie Die kalten Winde bliesen.

Höfe überfliegt den Rest des Artikels. Die vom Wind krummgestellten Hüte. Die von der Kälte blau gefärbten Gesichter. Das Eisfest war nicht nur ein Fest. Bürgermeister Kluge zog sich bei einem Sturz eine Prellung zu. Der Freiherr wurde wegen Unterkühlung ins Krankenhaus eingeliefert. Drei Mitglieder des Gesangvereins zogen sich eine handfeste Erkältung zu. Herr Müller mußte das Eishockeyspiel wegen eines verstauchten Fingers vorzeitig abbrechen.

Ob er das Jahr 1963 vollständig erfaßt habe, fragt Höfe den Archivar, der ihn keines Blicks würdigt: Keine Garantie. Mit der systematischen Erfassung wurde 1967 begonnen.

Bitte setzen Sie sich, sagt Pater Caelestis Eichenseer. Höfe hat ihn im Restaurant sofort an seiner Benediktinerkleidung erkannt und ihm zugewunken. Die Haare ein grauer Igel. Der Pater fährt mit der offenen Hand darüber. Die Speisekarte wippt auf der Kante des Tisches.

Die lateinische Sprache werde nicht mehr gepflegt heutzutage. Schon damals, in den sechziger Jahren, war sie außerhalb von Kloster- und Kirchenmauern nirgends mehr zu hören. Heute aber ist sie geradezu verpönt. Die Haare finden keine Ruhe. Hin und her fährt die Hand. Verdächtige Blicke seien das wenigste. Gerade heute habe er, in Gedanken versunken, auf die Frage eines Jugendlichen nach dem Weg auf Latein geantwortet und dafür Hohn und Spott geerntet. Der Pater beugt sich über den Tisch, spricht leise weiter, hinter vorgehaltener Hand. Wissen Sie, was der Bursche zu mir gesagt hat? In einem Sack herumzurennen sei schon schlimm genug, aber dann auch noch sprechen wie ein Hinterwäldler. Er rückt noch ein wenig näher, seine Stimme ist nicht mehr als ein Flüstern. Das war ein abgekartetes Spiel. Sicher standen hinter einer Ecke seine Freunde und haben alles beobachtet. Ich wollte ihm antworten, ihm die Augen öffnen, ihn zur Umkehr bewegen. Aber der Junge war bereits verschwunden. Ich. Der Pater muß seine Rede unterbrechen, weil die Bedienung an den Tisch getreten ist.

Er habe das kommen sehen. Schon damals, Mitte der sechziger Jahre, habe ja an einer Übersetzung kein Weg vorbei geführt. Dabei sei die lateinische Sprache geeignet wie keine, unterschiedlichen Stimmungen Ausdruck zu geben. Höfe solle zum Beispiel sein Buch nehmen. Es bestehe aus drei Aufsätzen, die er unabhängig voneinander in verschiedenen Zeitschriften veröffentlicht habe. Abgefaßt in einer einfachen, in einer nüchternen und in einer gehobenen Sprache.

Ich habe die Gfrörne nicht mit eigenen Augen gesehen, sagt der Pater weiter, aber meine Quellen nenne ich einen zuverlässigen Ersatz. Ich habe Zeitungsartikel und Bücher in rauhen Mengen gelesen. Gustav Schwab, Andreas Mohr, die Brüder Häusler. Ich habe mehrfach das Naturkundemuseum hier in Konstanz besucht, in dem die Seegfrörnen überschaubar auf Tafeln dargestellt sind. Ich habe mich durch Bücher gearbeitet, die unerläßlich nicht nur für das Leben schlechthin, sondern auch für das Studium von gefrorenem Wasser sind: durch die siebenunddreißig Bände der Naturalis Historia von Plinius dem Älteren, die Bekenntnisse des Augustinus und selbstverständlich durch die Bibel, das Alte wie das Neue Testament. Ich habe Briefe an Archivare, Bibliothekare und andere belesene Menschen geschrieben und ihren Rat eingeholt.

Er habe dann sicher auch von einem Robert Teiler gehört, dem Jugendlichen, der gegen Ende der Seegfrörne verschwunden sei.

Der Pater kramt in seinem Gedächtnis, ohne vom Essen abzulassen. Er zögert. Die Serviette hat er sich ordentlich umgelegt. Die Gabel hat er in das Lammkotelett gesteckt, das Messer dahinter angesetzt. Er zögert nur eine kurze Weile, dann legt er das Messer zur Seite, zieht die Gabel aus dem Kotelett, greift es mit beiden Händen und zieht das Fleisch mit den Zähnen vom Knochen.

Ein Teiler ist mir damals nicht untergekommen. Aber mein Buch schließt mit einem Index hominum commemoratorum, sagt der Pater, greift neben sich und schiebt De lacu Brigantino hinüber zu Höfe.

Zwischen den Namen Tacitus, Publius Cornelius und Tereschkowa, Valentina wird kein Teiler, Robert vermerkt.

Tacitus gehöre als Zitat in das Buch jedes lateinischen Gelehrten. Und als Vorbild. Sine ira et studio, damit habe er sich morgens an den Schreibtisch gesetzt. Heute wäre das ungleich schwieriger. Der Pater hält einen Moment inne, blickt versonnen nach oben. Manchmal könne er seinen Zorn gegenüber der Welt nicht zurückhalten, gegenüber der Verrohung, der Oberflächlichkeit. Das kulturelle Fundament breche entzwei, gehe unwiderruflich verloren. Er wisse, daß dies schon immer so gewesen sei, die wenigen Gebildeten auf der einen Seite, die in einem Schiff, eigentlich nur in einem Schlauchboot säßen, und die Kontinente mit den, er müsse dieses Wort gebrauchen, verwahrlosten Massen auf der anderen. Er wisse auch, daß Strafe und Züchtigung nur wenig helfen würden. Hauptsächlich Geduld sei angebracht. Aber manchmal. Wieder schaut er nach oben und murmelt etwas, das Höfe nicht versteht. Dann heftet der Pater fest den Blick auf sein Gegenüber, der sagt: Sie gehören doch auch zu uns.

Wie Höfe sicher wisse, habe Tacitus nicht nur mit De vita et moribus Iulii Agricolae seine Verehrung für den Schwiegervater ein für allemal zum Ausdruck gebracht. Er habe nicht nur den Verfall der Beredsamkeit nach Gründen geordnet. Er habe nicht nur. Hier müsse er in aller Bescheidenheit den Nobelpreisträger Mommsen zitieren, der nämlich sagte: mit feierlichem Groll. Er habe nicht nur mit feierlichem Groll über die Juden hergezogen, denen alles Reine unrein und alles Unreine rein sei. Er habe auch in seinen Annales das Stück Wasser einer Erwähnung wert befunden, das man heute den Konstanzer Trichter nenne, und darüber hinaus im beinahe selben Atemzug vermerkt, daß der Erdboden im Winter von Eis überzogen gewesen sei.

Ob das außergewöhnlich sei, ein gefrorener Erdboden zu dieser Jahreszeit, traut sich Höfe einzuwerfen.

Der Pater zieht die Serviette aus dem Kragen und wischt sich Mund und Hände ab.

Die sechsundzwanzigjährige Valentina Tereschkowa habe er beachtet, sagt er, weil sie die Erde neununddreißigmal umflogen und geheiratet habe im Beisein von Nikita Chruschtschow, das alles im Jahr 1964. Aber nicht ihr habe seine volle Bewunderung gegolten, auch wenn er ihr seinen Respekt nicht verweigere. Ebensowenig habe sie Chruschtschow gegolten, der kurz vor der Hochzeit von den Genossen seiner Partei, die kommunistisch heiße, in die Wüste geschickt worden war. Sie habe Gott gegolten, weil der im Vorbeigehen schaffe, was der

Mensch nur unter Aufbietung aller Kräfte zuwege bringe. Nachzulesen auf Seite 102, aber der Pater spult das herunter, als sei die Tinte noch naß.

Außerdem enthält mein Buch einen Index Nominum Geographicorum. Höfe schlägt nach und findet seine Seegemeinde, die London oder Londinium auf den Fuß folgt, und dazu vier Seitenzahlen. Er sucht ohne Hoffnung nach Teiler, so wird er nicht enttäuscht. Fündig wird er dennoch. Auf Seite 64 stößt er auf den Dichter Schwab aus Stuttgart. Gründlich ist der Pater wie kein zweiter. Weder verwehrt er seinen Lesern den lateinischen Namen der Stadt noch die Lebensdaten des Dichters. Der Dichter sei bei der Abfassung seines so edlen und feinen Gedichtes neben den verschlungenen Pfaden der Phantasie der geradlinigen Straße einer Chronik gefolgt, verfaßt von Jacob Reutlinger und Georg Hahn einige Jahrhunderte zuvor. Der Reiter, berichten die Chronisten, sei ein gewisser Andreas Egglisberger aus Enisheim, von Beruf Postvogt, gewesen und der Tag der 5. Januar 1573. Aber er sei, so Reutlinger, Hahn und der Pater, nicht bei Nacht und Nebel geritten, sondern bei Tag und vollem Bewußtsein.

Die Bedienung kommt mit dem Nachtisch.

Ob dieser Teiler zufällig an der Eisprozession von Münsterlingen nach Hagnau und wieder zurück teilgenommen habe. Auf die nämlich habe er sein Hauptaugenmerk gerichtet. Das sei ein Ereignis gewesen.

Höfe verneint. Mit der habe Teiler überhaupt nichts zu tun. Was den Pater nicht hindert weiterzureden. Höfe konzentriert sich auf den Nachtisch.

Etwa zweitausend an der Zahl waren dort versammelt. Sie sangen Loblieder und priesen Gottes Größe und

Güte. Sie gingen als Beglückte heim. Ein Tag der Verbrüderung. Zwei Ufer, eine Seele. Aber bei aller religiösen Erregung an diesem Tag habe ich den Sport nicht vergessen. Er blättert in seinem Buch: Während des Johannes Kopf die Kirchen wechselte, durchzog ein Segelschlitten die gesamte Seelänge, das sind mehr als sechzig Kilometer, und zwar in recht günstiger Fahrt.

Er habe von ihm heute in der Zeitung gelesen, unterbricht ihn Höfe.

Tja, de nihilo nihil. Aber wem sage ich das. Keine Widerrede, die Rechnung übernehme ich.

Höfe gibt Seegfrörne in den Computer ein. Der Computer teilt ihm mit: drei Treffer.

Auf dem Einband von Die Brücke über den Bodensee. Seegfrörne 1963 von Andreas Mohr sitzt die Büste des Johannes. Höfe nimmt das persönlich und schiebt das Buch ins Regal zurück.

Mit Authentizität wirbt der Verlag der Schwäbischen Zeitung. Seegfrörne 63. Das Tagebuch vom großen Eis, so als habe es sich persönlich zu einem Rückblick entschlossen, um zu erzählen, wie es wirklich war. Es will also, schreibt das Eis in seinem Vorwort, zeigen, wie sehr die Gfrörne die Menschen der drei Uferstaaten wochenlang zu einer Einheit werden ließ. Neue Freundschaften wurden vermittelt und alte vertieft. Der Verweis auf die Prozession von Münsterlingen nach Hagnau und zurück gleich auf der ersten Seite bleibt unvermeidlich. Sein Vorwort schließt das Eis dann beinahe philosophisch. Denn, so fragen wir uns, wie wird die Welt beschaffen sein, wenn die nächste Eisbrücke von Ufer zu Ufer geschlagen wird?

Auf diese Frage, die Höfe gewissenhaft notiert, folgt der Absturz in die Niederungen von nicht ans Ufer gelangenden Eisprozessionen. Höfe klappt das Buch zu.

Zum Schluß der bildgesättigte Band des Lindauer Stadtarchivars Dobras, der die Seegfrörne durch die Brille eines Ferienprospekts sieht. Den legt sich Höfe zur Seite, den will er sich ausleihen, als Vorwand für ein Glas Wein mit einer der beiden Müllers. Zunächst die Tochter fragen, dann die Mutter.

Höfe gibt Bodensee in den Computer ein. 68 Treffer. Ganz hinten, verzeichnet unter der Nummer 67, entdeckt er ein Buch von Gustav Schwab.

Der Bodensee nebst dem Rheinthale von St. Luziensteig bis Rheinegg. Handbuch für Reisende und Freunde der Natur, Geschichte und Poesie. Mit zwei Charten. Stuttgart und Tübingen, Verlag der J. G. Cotta'schen Buchhandlung 1827.

Der Hinweis Erhältlich im Magazin verweist ihn an den mit breitem Lächeln einen Tisch bewachenden Bibliothekar, der erst einmal die Brille abnimmt und Höfe zublinzelt, als hätte der ihn zum Essen eingeladen. Das Handbuch, ruft er aus, nachdem ihm Höfe den Titel des gewünschten Buches genannt hat. Seit Jahren sind Sie der erste, der nach diesem Buch verlangt. Von ihm einmal abgesehen. Der Bibliothekar berichtet von seinen Bemühungen, das Buch seiner Familie, seinen Freunden schmackhaft zu machen. Die aber hätten sein Interesse nicht geteilt. Inzwischen, nach vielen Fehlschlägen, sei er dazu übergegangen, seine Begeisterung für sich zu behalten. Nach Dienstschluß gehe er ab und an ins Magazin und ziehe das Buch aus dem Regal. Zumeist nur, um darin zu blättern. Und jetzt kommen Sie. Ich kann es nicht fassen. Moment, ich bin gleich wieder da.

Das Warten verkürzt sich Höfe mit der Lektüre von Broschüren und Faltblättern, die auf dem Tisch des Bibliothekars liegen. Die Stadtbücherei steht bereits mit einem Bein im 21. Jahrhundert. Das andere wird sie entweder hinterherziehen oder sich im Spagat versuchen. Die Regale wurden bei der Firma EKZ in Reutlingen besorgt, selbst die Deutsche Bibliothek in Frankfurt am Main besitzt keine anderen. Die öffentlichen Bibliotheken, in Konstanz und anderswo, verbinden Realität, Zeitgeist und Tendenzen. Und das nicht erst seit gestern, sondern schon immer.

Ausleihen sei leider nicht möglich, sagt der zurückgekehrte Bibliothekar. Die Frage nach dem Kopiergerät läßt ihn rund um sein Lächeln bleich werden. Aber sehen Sie denn nicht, dieses kostbare Buch. Er klappt es auf, ein wenig nur. Nicht nur Zeit habe es in sich, die es zur Schau stelle mit dem angegriffenen braunen Einband, den vergilbten Seiten und der Frakturschrift, auch Raum, der sich das Aussehen von Stempeln gebe. Die teilten mit, daß das Buch eine Reise unternommen habe von der Carolinenstiftung zu Haldem über die Bibliothek des Schweizer Alpen Clubs über das Evangelische Jugendpfarramt der Probstei Kiel bis hierher in die Stadtbücherei Konstanz.

Der Bibliothekar wiegt das Buch in der Hand, als überlege er, ob er es Höfe wirklich geben soll. Aber bitte mit Sorgfalt behandeln.

Im Vorwort zu seinem fünfhundert Seiten dicken Buch verneigt Schwab sich vor zahlreichen Menschen, die ein gänzliches Mißlingen des Buches verhindert hätten. Zur Anordnung teilt er mit, daß er um das ernste Bilde vom Bodensee, bestehend aus einem Teil eins (Landschaftliches), zwei (Geschichtliches) und drei (Topographisches), einen heiteren Rahmen aus Gedichten gezimmert habe.

Den Einstieg in das Landschaftliche hätte sich Anton abgeschrieben und über seinen Schreibtisch gehängt. Er behauptet mit Inbrunst, daß die Schwaben nur zu einem Talent hätten: den See zu verdrecken. Denn der Stuttgarter Dichter kommt nicht umhin, dem Wanderer, der durch das dem Bodensee vorgeschobene nördliche Umland zieht, Sehnsucht nach Abwechslung zu bescheinigen. Zieht doch die wechsellose Landstraße ihren langen Faden durch die offenen Felder weithin sichtbar fort, und wenn sie auch eine kleine Höhe hinansteigt, deren Gipfel einen neuen Anblick verspricht, so fängt oben das alte Feld an fortzulaufen, wie man es unten verlassen hat. Doch mit Absicht reist der Dichter nicht von Süden heran. Den langweiligsten Weg hat er ausgesucht, um den Wanderer und Leser mit der Aussicht von Heiligenberg über den Bodensee zu belohnen.

Der Bibliothekar hat sich die Mühe gemacht, Höfe zwischen den Regalen aufzusuchen. Die Bücherei schließe bald, teilt er mit, während er sich zu ihm setzt. Höfe nimmt das im Vorwort eigens hervorgehobene Register zu Hilfe. Dort wird er auf die Seiten zwanzig und einundzwanzig verwiesen. Der See sei zwischen den Ufern von Bodman und der Seegemeinde zwei Kilometer breit, heißt es dort, und der ganze Kessel von bedeutenden, steilen Bergwänden, die mit den schönsten Buchenwäldern bewachsen sind, eingeschlossen. Höfe, nun schon einige Wochen in der Seegemeinde zu Hause, hat weder den Kessel noch den Buchenwald zu Gesicht bekommen.

Blättern Sie doch mal weiter nach hinten, sagt der Bibliothekar, auf der Seite 491 ist das Gedicht Der Reiter und der Bodensee abgedruckt. Der Reiter reitet durchs helle Tal / Auf Schneefeld schimmert der Sonne Strahl, zitiert er, während Höfe die Seite aufschlägt. Unter dem Titel entdeckt er das Wort Mündlich. Das habe er nicht gewußt, sagt Höfe erstaunt und hält den Daumen unter das Wort. Bitte nicht so stark drücken, ruft der Bibliothekar entsetzt.

Das mit dem Mündlichen ist so eine Sache, fährt er fort, nachdem er Höfe das Buch aus der Hand genommen hat. Der Schwab hat sich das Gedicht mit dem Reiter nicht einfach nur ausgedacht. Er brachte zu Papier, was sich ereignete. Das ist verbürgt und besiegelt in Chroniken und Urkunden. Aber es gibt einfach zu viele davon. Zu jeder Seegfrörne sind Menschen auf dem See hin und her geritten, man könnte meinen, die hätten nichts anderes zu tun gehabt. Und wenn die Menschen keine Reiter waren, dann waren sie Chronisten oder Verfasser von Urkunden über diese Reiter. Welcher Ritt genau die Phantasie des Dichters geleitet hat, darüber streitet man sich bis heute. Mein Tip ist der Mohr.

Höfe seufzt. Der Bibliothekar schaut ihn von der Seite an. Sie kennen ihn. Der sagt, zwei Ereignisse, festgehalten in Urkunden, sind verantwortlich für Schwabs Gedicht. Entweder das eine oder das andere. Das eine stammt aus dem Jahr 1573. Darin wird lang und breit der Ritt des Georg Hahn und des Johann Georg Schienbein über den gefrorenen See geschildert. Das andere von 1830, um die Fastnachtszeit. Bei diesem Ritt hat Schwab selbst am Ufer gestanden und den Reiter in Empfang genommen.

Aber vorhin, entgegnet Höfe, sei ihm mitgeteilt worden, daß ein Postvogt namens Andreas Egglisberger aus dem Elsaß, genauer: aus Enisheim, 1573 über das Eis geritten sei.

Andreas wie? Aus dem Elsaß? Was, glauben Sie, hatte ein Briefträger aus dem Elsaß zu solch einer Zeit auf dem Bodensee verloren? Der Bibliothekar antwortet selbst auf seine Frage: Rein gar nichts.

Erzählen Sie mir, was Sie heute alles gefunden haben, sagt Margret. Höfes Antwort geht im einsetzenden Gewitterregen unter. Seine Begleiterin kurbelt das Fenster hoch. Sie nimmt ein Handy aus der Tasche, um ihrem Freund Bernd mitzuteilen, daß sie in einer halben Stunde zu Hause ist. Dieser Ort ist so gut wie jeder andere, sagt sie. Dieser Ort ist so schlecht wie jeder andere. Sind Sie an besseren Orten gewesen? Sie fangen also vorne an mit Ihrer Chronik und wühlen sich nach hinten durch. In der Schule mußten wir das Gedicht vom Ritt über den Bodensee auswendig lernen. Jetzt weiß ich nur noch die erste Strophe. Der Reiter reitet durchs helle Tal / Ein Schneehase glänzt im Sonnen Strahl.

Ob sie wisse, daß Schwab das Gedicht nicht einfach nur erfunden, sondern ausführliche Quellenarbeit geleistet habe. Nur am Schluß, beim Tod des Reiters, habe er sich einige dichterische Freiheiten erlaubt.

Postvogt Andreas Egglisberger steht am fünften Januar des Jahres 1573 am Ufer des Rheins. Sein Pferd hält er locker am Zügel. Die Sonne scheint vom Himmel herab, und läge nicht meterdick Schnee und Eis überall, der Postvogt hätte sein Tuch mit Proviant aufgeknotet, sich unter einen Baum gelegt und gegessen. So aber steigt er auf sein Pferd, überquert zweimal den zugefrorenen Rhein und hinterher, ohne Scheu, den Zellersee und den Überlinger See. In Überlingen angekommen, haben er und sein Roß so geschwitzt, daß der Schweiß in Tropfen zu Boden rann. Der Postvogt übergibt sein Pferd einem Gaffer aus der Menge zum Abtrocknen, er selbst macht sich, schwitzend und stinkend, auf den Weg in die Krone, um sich dort ein Mittagessen schmecken zu lassen.

Ein Mann kommt an einem sonnigen Tag des Jahres 1830 um die Mittagszeit über den zugefrorenen See nach Überlingen geritten, wo er erschöpft vom Pferd steigt. Pferd und Reiter schwitzen so sehr, daß viele Handtücher benötigt werden, um die beiden trockenzureiben. Unter der Menge, die sie bestaunt, befindet sich auch der Dichter Schwab, der den Reiter zur Seite nimmt und ihn fragt, weshalb er sich getraut habe, bei dem noch so dünnen Eis über den See zu reiten. Ach, wissen Sie, entgegnet der Mann, für ein Essen in der Krone ist mir kein Eis zu dünn.

Margret: Na und? Sie können mir viel erzählen. Ich halte es lieber mit der Ballade. Der Tod liefert ein sauberes Ende.

Margret spielt Reiseleiterin. Damit Höfe seine neue Umgebung kennenlerne. Zu sehen ist kaum etwas, weil das Gewitter in vollem Gange ist. Trotz Gebläse sind die Scheiben beschlagen. Der Regen wird von den Scheibenwischern nur mit Mühe bewältigt. Die Mainau sei ein schwimmender Garten, dort wüchsen: die Sumpfzypresse aus Florida, der Mammutbaum aus der Sierra Nevada, Palmen von den Kanaren, asiatische Magnolien, außerdem ein Tulpenbaum, an die vierzig Meter hoch. Litzelstetten liege auf einer 508 Meter hohen Molassenase.

Höfe wischt mit einem Lappen über die beschlagene Scheibe. Immer wieder schielt er hinüber zu Margret, die redet und nach draußen zeigt in den dichten Regen. In Dingelsdorf seien früher nur Fischer zu Hause gewesen. Zwischen den Sehenswürdigkeiten bleibt Raum für Geschichten aus ihrem Leben. Ich mache die Ausbildung zur Verwaltungsfachangestellten. An manchen Tagen bin ich in Villingen, an anderen in Freiburg. So was heißt bei uns Abwechslung. Zur Zeit bin ich auf dem Einwohnermeldeamt beschäftigt. An- und Abmeldungen. Personalausweise ausstellen.

Sie helfe aber auch bei der Koordination und der Organisation der anstehenden Europawahl. Bei der Wahl selbst nicht, an diesem Tag müsse sie Bier zapfen beim Gesangverein. Er wisse schon, das Seefest.

Mitglied des Gesangvereins sei sie nicht. Sie singe auch nicht, sie habe eine Stimme wie ein Frosch. Aber ihr Freund. Singen könne der zwar auch nicht, aber im Verein falle das nicht auf, weil gesungen würde dort höchstens beim Nachhausegehen, nach der Wirtschaft.

Margret geht dazu über, die dünnen und kräftigen, die hohen und tiefen, aber allesamt falsch klingenden Stimmen des Gesangvereins der Seegemeinde miteinander zu vergleichen.

Höfes rechte Hand gleitet vom Lenkrad hinüber zum Beifahrersitz. Sie tastet sich am Fell entlang, das über den Sitz gespannt ist. Sie zupft zunächst ganz leicht am Rock. Dann ein wenig stärker. Sie spürt, wie sich das Bein von Margret bewegt. Ein bißchen nur. Der Förster vom Silberwald trifft seine Zukünftige, die Lisl, zum ersten Mal auf dem Jägerball. Näher kommen sie sich im Wald, während Kolkraben über ihnen den Paarflug machen. Die

Jagd sei eines der großen Geschenke der Natur an die Menschen, philosophiert Förster Hubert. Früher hätten Bären, Luchse und Wölfe in unseren Wäldern die schwachen Tiere gerissen. Nur das Beste sei übriggeblieben. Heute müsse der Jäger das schwächliche Wild ausmerzen. Lisl findet das wunderbar. Ununterbrochen ist sie von da an auf der Pirsch. Sie beobachtet einen Adler, der einen Fuchs reißt. Dabei hält sie Huberts Hand. Kurz darauf legen sich ihre rot geschminkten Lippen auf seine. Sollen wir nicht lieber umkehren? fragt er, aber eher rhetorisch. Höfe fragt nicht. Er ist schon längst auf einen Feldweg abgebogen. Hat das Auto am Rand des Weges geparkt. Natürlich scheint die Sonne. Er läuft mit Margret immer tiefer in den Wald hinein. Sie halten sich an der Hand, kommen ab vom Weg. Stolpern. Sie hören nichts. Sie sehen nichts. Keinen Dachs, keinen Bären, keine Wilderer, keine Jodler. Margrets Rock fällt ins Unterholz. Schon hat sie ihre Bluse aufgeknöpft. Achtlos wirft sie sie neben sich. Sie hilft ihm beim Öffnen des Reißverschlusses. Zerrt an seiner Unterhose. Sie zieht ihn hinab zwischen Wurzeln und Blätter. Bohrt ihm ihre Zunge ins Ohr. Dann ist da ein lautes Brummen und ein Schrei. Höfe hält sie für Gefühlsregungen grenzenloser Lust. Den Bruchteil einer Sekunde später wird das Auto zur Seite gerissen und landet, nachdem es sich mehrfach um die eigene Achse gedreht hat, im Straßengraben. Das sieht Höfe bereits nicht mehr.

Margret läuft vor dem Krankenhausbett auf und ab, in dem Höfe liegt, noch leicht benommen. 50 sei auf dem Schild gestanden. Das stehe dort zurecht. Wegen der Kurve. Wegen der Ausfahrt, die von der Straße her schlecht einzusehen sei. Bei dem Wetter sowieso. Sie habe ihn gewarnt. Er hätte langsamer fahren sollen.

Ob dem anderen etwas passiert sei, erkundigt sich Höfe.

Das war ein Traktor. Der hat eine kräftige Beule, aber dem Bauern ist nichts passiert. Nur sieht er nicht ein, daß er schuldig ist. Der hat vielleicht geschimpft. Sie haben gar nichts mitbekommen, nein? Jedenfalls haben wir großes Glück gehabt. Wenn da ein Baum gewesen wäre.

Mit Ihrer Verletzung werden Sie die nächsten Wochen höchstens Beifahrer sein, das sind die ersten Worte des Arztes, der Frau Müller die Türklinke aus der Hand nimmt.

Der Arzt ist eine Kopie des Sheriffs in Erbarmungslos. Außer der Brille. Die Backen wie zwei Ballons, geeignet, Wind in jedes Segel zu blasen. Auf der Nase ein Geflecht geplatzter Adern. Eine hochglänzende Glatze, garniert mit einem grauen Nest. Plumpe, dichtbehaarte Hände. Die Finger der einen Hand stecken im weißen Kittel. Nur der Daumen schaut raus. Die andere hat in der Hosentasche Platz gefunden.

Ich störe auch Kassenpatienten ungern beim Essen, sagt der Arzt. Ich kann Ihnen gleich sagen. Die Brille sitzt bedenklich weit unten auf Garners Nase, Höfe will schon seine Hilfe anbieten, aber er muß zuhören. Wir werden so vorgehen. Das Fersenbein ist gebrochen. Der fragende Blick ist Garner keinen weiteren Hauptsatz wert, nur ein Runzeln der Stirn. Dann, bereits auf dem Weg zur Tür, nimmt er sich noch einmal Zeit für den Patienten. Sie bekommen eine Krücke. Mehr Bewegung empfehle ich Ihnen dringend. Übermorgen können Sie nach Hause.

Margret: Mir ist nichts passiert. Sie haben mich von Kopf bis Fuß abgeklopft und für in Ordnung befunden.

Höfe schaut an ihr vorbei auf den Zimmergenossen, der kurz nach ihm eingeliefert worden ist. Der hat sich das Bein auf seinem täglichen Spaziergang gebrochen. Während sich die Ärzte über ihn beugten, sagte er: Mit meinen alten Knochen ist kein Staat zu machen. Und: Schalten Sie das Radio an.

Ich muß los, sagt Margret. Bernd wartet unten.

Höfe hat noch etwas sagen wollen.

Neben Höfe und dem mit dem gebrochenen Bein halten sich zwei weitere Patienten im Zehn-Quadratmeter-Zimmer auf. Nichts verbindet sie außer den kaputten Knochen und der Krankenversicherung. Das ist denn auch ein Anfang fürs Gespräch. Na, auch nicht privatversichert? Darauf läßt sich bauen. Bald schon geht die Unterhaltung munter von Bett zu Bett. Man kommt sich näher. Höfe wird eine Geschichte aus den Tagen erzählt, die er nur aus Geschichtsbüchern kennt. Was es damals gab. Kameradschaft, aber echte. Was noch? Aufopferung ohne Wenn und Aber. Jeder wäre glücklich gewesen, für den anderen zu sterben. Herr Götz hatte Pech.

Bei Herrn Götz wird es Ihnen nicht langweilig, verspricht ihm der Krankenpfleger, während er Blutdruck und Puls mißt und seiner Hoffnung Ausdruck verleiht, daß sich beides wieder stabilisiere in nächster Zeit. Das wird schon.

Mit einem geschickten Wortspiel lenkt Höfe das Gespräch vom Schützengraben auf die Seegfrörne, doch als ihm Herr Götz mit der Eisprozession von Münsterlingen nach Hagnau und zurück kommt, bei der er höchstens fünf Meter Abstand hatte vom Kopf des Johannes, täuscht er Müdigkeit vor und dreht sich zur Seite.

Eins sage ich euch, nachher wird Skat gespielt. Der, der dies ruft, heißt Herr Franz. Den hat der Geruch des Eiersalats aus seinem Schlaf geschreckt.

Die drei, da geht Höfe jede Wette ein, würden den Altersdurchschnitt jedes Seniorenheims erhöhen. Einer wird losgeschickt, um bei der Nachtschwester Markstücke gegen Groschen einzutauschen.

Nach 22 Uhr, da hat Höfe bereits zwei Mark zwanzig an seine Nachbarn verloren und die Eisprozession von Münsterlingen nach Hagnau dreimal vor und zurück erzählt bekommen, sagt die Nachtschwester: So, meine Herren. Höfe wird zur Toilette geschickt, die Schwester kommt auf sein Klingelzeichen und wischt ihm den Hintern ab.

Herr Kunze, schalten Sie Ihr Radio aus.

Herr Götz, bewahren Sie sich die Neuigkeiten aus dem ersten Weltkrieg für morgen auf.

Herr Franz, Sie müssen nicht um vier Uhr in der Früh aufstehen.

Herr Höfe, keine Fragen nach 22 Uhr.

Schwester, ohne Radio kein Schlaf.

Ich erzähle nicht aus meiner Jugend, ich erzähle von der Seegfrörne.

Morgenstund hat Gold im Mund.

Sie könne die frühen Stunden nicht leiden, jammert Frau Müller, als sie Höfe die Tür öffnet. Die seien zum Schlafen da und nicht zum Herumhetzen. Aber sie habe es nun einmal versprochen. Und zulassen könne sie auf keinen

Fall, daß er verlorengehe. Kaum sitzen sie im Auto, fragt Höfe, ob sie etwas von Robert Teiler wisse.

Robert Teiler? Kenne ich nicht. Wo haben Sie denn den gefunden? Warten Sie mal. Hieß so nicht der, dem mein Bruder als Kind immer hinterhergerannt ist? Fragen Sie meine Mutter. Die kennt alle. Die kennt auch die, die gestorben sind. Selbst die kennt sie, die noch nicht geboren sind im Ort. Frau Müller fährt mit dem Zeigefinger über ihr Nasenbein. Dieser Robert sei also einfach verschwunden. Wie alt er damals gewesen sei. Wie er wohl ausgesehen habe.

So würde Höfe Robert Teiler beschreiben, wenn er die Gelegenheit hätte. Für sein Alter ist Robert groß gewachsen. Kommt er neben Höfe zu stehen, ist kaum ein Höhenunterschied auszumachen. Aber der Junge ist schlank und drahtig. Beim 200-Meter-Rennen sieht Höfe alt aus. Robert entfernt sich immer mehr, wird immer kleiner. Wenn Höfe die Ziellinie passiert, liegt der andere bereits im Gras, einen Halm im Mund und den Blick so auf den Himmel gerichtet, als hätte das Rennen an einem anderen Tag stattgefunden. Höfe legt sich neben ihn und atmet schwer. Kurz darauf dreht sich Teiler zu ihm um. Sie sollten nicht in Hemd und Krawatte Sport treiben. Höfe richtet sich kurz auf, blickt in das Gesicht seines Gegners. Läßt sich wieder nach hinten fallen.

Zu der Zeit, so Frau Müller, als der Bodensee zugefroren war, sei sie nicht einmal geboren gewesen. Ihre Geschwister hätten die Seegfrörne erlebt. Ob er sich an die Fotos erinnere, die im Wohnzimmer hingen. Reinhold und Gerda. Die hätten beide den Absprung geschafft. Gerda wohne in Essen, arbeite dort als Sozialpädagogin an der Uniklinik. Wenn sie heirate, Ende Juli, werde sie dafür sorgen, daß Höfe auch eine Einladung bekomme. Reinhold lebe in Konstanz. Er habe heute leider keine Zeit.

Höfe erinnert sich an die Fotos. Schwarzweiß. Sie hängen an der Wand im Wohnzimmer, vor der das Sofa steht, auf dem er schon einige Male gesessen hat. Auf beiden ist der Hintergrund ein armseliger Zaun aus Hügeln. Die Bäume, die über den Zaun ragen, gleichen von allem Fleisch befreiten Fischgräten. Davor stehen die Häuser der Seegemeinde, verwischt von einem Schleier aus Dunst. Das eine Foto zeigt Herrn Müller steif im grauen Anorak auf dem Eis. Seine Pudelmütze hat er in die Stirn geschoben. Abgefangen wird sie von den buschigen Augenbrauen. Das rechte Bein steht nach vorne ab, als sei er dabeigewesen, auf Frau Müller zuzugehen, um sie an seinen Anorak zu drücken. Die ein paar Meter weiter rechts auf ihn wartet. Die Beine über Kreuz, als sei sie dabeigewesen, sich im Schneidersitz auf dem Eis niederzulassen. Ihr Mantel wird von drei blitzenden Knöpfen zusammengehalten. An ihrer Hand hängt ein Täschchen, in das man einen Pekinesen hineinquetschen müßte. Auf dem Eis, hinter den Müllers, drängen sich Paare dicht an dicht. Aneinandergelehnte Oberkörper. Weit gespreizte Beine, Arme, die hinter dem Partner verschwinden. Einige haben sich aufs Eis gelegt. Dort bilden sie unentwirrbare Knäuel.

Bitte biegen Sie an der nächsten Kreuzung nach links ab. Wir fahren über den Bodanrück. Sightseeing. Sie kommen an einer Kläranlage vorbei. Sie durchqueren das Industriegebiet der Nachbargemeinde. Das Land dazwischen besteht aus zwei Sorten von Feldern. Auf den einen stehen mannshohe Apfelbäume in Reih und Glied, zwischen denen Traktoren unterwegs sind. Über den Bäumen bildet sich kurzzeitig ein heller Dunst. Höfe hört, daß jetzt die Zeit sei, Apfelwicklern, Spinnmilben und Pfennigminiermotten den Garaus zu machen. Die anderen sind Erdbeerfelder von großem Ausmaß. Auf Wunsch von Frau Müller parkt Höfe vor einem der Verkaufsstände, die es zuhauf am Straßenrand gibt. Während sie eine Schale Erdbeeren kauft, blickt er über die Männer, Frauen, Kinder, die vornübergebeugt auf den Feldern stehen. Auch die Erdbeeren seien gedüngt und gespritzt. Ohne Gift könne kein Obst geerntet werden. Das habe sie vom Vater gelernt, der einen Obstgarten bewirtschaftete.

Auf dem zweiten Foto sitzen Frau Müllers Geschwister auf einem Schlitten. Mit angeschraubter Rückenlehne aus gebogenem Holz, die einen auch bei schneller Fahrt auf dem Schlitten halten soll. Zwischen den Sparren ist deutlich eine karierte Decke zu erkennen. Von den Geschwistern sieht man Gummistiefel, Mäntel und Mützen. Der Schlitten wird von Herrn Müller gezogen. Der ist vom Bildausschnitt in der Mitte durchtrennt worden. Aber die schweren Schnürstiefel, die unter dem Hosensaum hervorschauen, und ein Zipfel vom Anorak lassen keinen Zweifel zu. Höfe stellt sich vor, wie das Weiß als Keil in das Grau und Schwarz dringt. Er spielt mit den Schattierungen. Wir haben noch mehr Fotos, auch solche, die im Sommer aufgenommen worden sind, sagt Frau Müller. Auf denen sind wir meist kleine Punkte im Wasser. Ich kann sie Ihnen gerne zeigen.

An diesem Morgen hat Höfe den Sommer für sich und seine Begleiterin gepachtet. Oben auf dem Bodanrück wird das Fenster geöffnet. Höfe setzt sich die Sonnenbrille auf. Sein Goldkettchen blinkt auf der unbehaarten Brust. Fahrtwind, Sonne und Schatten spielen mit dem übriggebliebenen Kopfhaar. Er kommt sich vor wie der Held eines Roadmovies. Links und rechts von der Straße, in den unterschiedlichen Grüns der Sträucher, raschelt und zuckt es. Das mögen Tiere sein, auch große, gefährliche. Die beiden halten nicht an. Höfe drückt das Gaspedal durch, so schnell fahren sie über das Land, daß nichts davon zur Erinnerung wird. Frau Müller ruft ihm etwas zu, doch Höfe, ganz davon eingenommen, weiterzukommen, versteht nur wir und mittendrin. Kurz wendet er sich seiner Komplizin zu und nickt.

6

Im Zeitlupentempo läuft das Schiff in den Hafen ein. Ein Tourist steht rechts von Höfe, vereinzelt Wähler, zwei Kinder mit Baseballmützen. Höfe steigt ein. Stellt sich vor. Der Kapitän muß sich mit dem Touristen herumschlagen, der zunächst die Speisekarte lesen will. Es gäbe keine, so der Kapitän, worauf der Gast, plötzlich schwerhörig geworden, dreimal nachfragt, schließlich lauthals davonstürmt. Der Gemeindearbeiter ruft dem abfahrenden Schiff hinterher, daß er in ein paar Tagen die Mauer wieder aufbauen müsse. Darauf verwette er seine Pfeife.

Das Gedränge beginnt für Höfe an der Anlegestelle in Überlingen. Es reißt den gesamten Vormittag nicht ab, Regen hin oder her. Alles wegen Seidels Kunstwerk. Da hilft Hartnäckigkeit und die Krücke. Auf dem zur Toilette umfunktionierten Bauwagen kann Höfe den Künstler nach Teiler fragen. Eine Verschnaufpause gibt's für Höfe im Kino. Da kann er in den Himmel schauen. Im Bus zurück in die Seegemeinde schaut er auf die tropfnasse Jacke des Mannes, der eng an ihn gedrückt wird.

Auch in diesem Jahr verwandelt sich die Sernatingenstraße in eine Festmeile. Fahnen und Wimpel hängen in den Fenstern, Menschen, denen das Alter versagt, sich unter die Menge zu mischen. Die Vereine haben außer exotischen Spezialitäten auch jede Menge Unterhaltung zu bieten. Der Segel- und Regattaverein veranstaltet einen Knotenwettbewerb und ehrt anschließend die Sieger, der Kur- und Verkehrsverein baut eine Tombola auf und verspricht: Jedes Los ein Gewinn. Die kleinen Besucher erwartet ein Spielzirkus mit Kinderschminken, Karussell und Clown. Die geplanten Wasserattraktionen, die in den vergangenen Jahren jung und alt angezogen haben, wurden abgesagt. Kein Wett-Tauchen. Kein Fischerstechen.

Höfe kauft einige Lose und kann wenig später mit einem Elefanten auf dem Arm gesehen werden. Da geht bereits der Nachmittag zur Neige.

Die Kirchenchorfrauen haben sich ein Kopftuch umgebunden, ihre Männer einen Schnauzbart aufgeklebt. Beim Turnverein heißt es Fiesta Mexicana, die Sombreros verschaffen den Kellnern einige Zentimeter Raum im Gedränge. Der Stand des Fußballvereins ist mit rotweißgrünen Fähnchen geschmückt. Der Bürgermeister windet sich hinter seinem Biertisch hervor, nimmt Höfe zwei Schritte zur Seite, als wolle er mit ihm eine Lüge ausbrüten. Auf keinen Fall italienisch. Er werde nachher ein italienisches Essen zubereiten, dagegen sei die Küche dieser Fußballspieler nichts als ein Schnellimbiß. Rebhuhn nach Art des Teufels, so heiße das Gericht. Das Wichtige daran sei der Lorbeer, der seit den frühen Morgenstunden in Olivenöl bade.

Also, wenn Sie jetzt noch eine Kleinigkeit essen wollen, machen Sie lieber einen auf Chinesisch. Das hatte Höfe ohnehin vor. Der Gesangverein verteilt Stäbchen zum Essen. Höfe reiht sich ein in die Schlange der Wartenden.

Margret spült Gläser. Gut, daß Sie gestern abend nicht hier waren. Das Gewitter hat uns ganz schön zu schaffen gemacht. Die Planen mußten neu gelegt werden. Sie kennen sich noch nicht. Das ist mein Freund, der Bernd. Bernd steht hinter einem Berg von kleinen panierten

Fleischstückchen. Schweinefleisch, das er auf Wunsch mit einer süßsauren Soße versieht.

Höfe bemüht sich ebenfalls um einen kräftigen Händedruck. Mir drinket glei noch on zamme, kündigt Bernd an. Los amol her. I ho ebbes zum Vezelle. Bernd erzählt dann vom Seehasenverein, der in der hintersten Ecke plaziert worden sei. Zurecht. Die hätten sich dem Motto verweigert. Wollten auf dem Seefest immer nur als Seehasen auftreten. Jetzt sitzen sie ganz hinten. Die beiden zeigen mit ihren Fingern über Köpfe hinweg, Höfe kann nichts erkennen. In ihren Hasenkostümen sitzen sie da und bekommen ihre Hasenkeulen nicht los.

Hochgewachsenes Gras, Büsche, Schnipsel von Hausdächern. Wenn er sich nach oben reckt von der Bank auf dem Spittelsberg, die inzwischen auch die seine geworden ist, hat Höfe einen Teller vom See vor sich.

Der trägt Lachen heute, das soll eine Botschaft für weiteren Regen sein. Im Moment hält er sich noch in den Wolken zurück, Grund genug für Höfe, den Weg zurück ins Dorf noch einige Minuten aufzuschieben.

Bewegung ist gut, hatte der Arzt gesagt.

Schon früh am Morgen Wind von Westen. Der stellt die drei Haarsträhnen Höfes immer wieder in einen rechten Winkel zu den Bäumen.

Vorbei sind die Zeiten, in denen er im Windschatten von Traktoren die Bergstraße nahm. Da hatte er oben dann einen ganzen Arm des Sees vor sich wie einen Besitz, den waldigen Mantel des Bodanrück, an manchen Tagen die weiße Stirn der Alpen. Höfes Bescheidenheit ist mit dem Verlust des Autos vollkommen geworden. Nichts mehr will er als den Blick auf Einzelheiten, den ihm ein vor Tagen erstandenes Fernglas weiter schärft. Zufrieden macht ihn die Aussicht auf einen Käfer, der auf einem Kleeblatt die Flügel spreizt. Auf ein paar spröde Kanten Ziegel, in deren Ritzen Moos nistet. Wenn sich darunter noch ein Meter Regenrinne zeigt, wunderbar. In all die Aussicht verirrt sich immer mal wieder das bereits nicht mehr fremde Gesicht eines Jungen, über den er im Archiv der Seegemeinde gestolpert war und in der Folge über einige dürftige Spuren. Eher die Spuren einer Spur. In der Reihe der Abbilder der Spuren steht er somit an dritter oder vierter Stelle, je nachdem, welchen Platz er den Zeitungsartikeln und den Aussagen Antons zubilligen will. Jedenfalls, eine ziemlich gute Startposition. Die Höfe nutzen will, so gut es eben geht.

Wenn Robert Teiler zwischen den Halmen und Insekten auftaucht, trägt er stets eine Eisscholle unter seinen Füßen, nicht sehr, aber immer gleich groß, zwei mal zwei Meter ungefähr. Gerade Platz genug für ihn und sein Pferd. Er treibt nach hinten weg in die Nacht, stolz leuchtet sein Gesicht. Das Pferd stellt sich auf die Hinterbeine, Teiler macht einen Kopfstand auf dem Sattel, er hangelt sich unter dem Pferd hindurch, ohne das Eis zu berühren. Ich bin nicht zu halten, ruft er noch, dann ist er aus Höfes Blickfeld verschwunden.

Nachdem Höfe und seine Vermieterin letzte Nacht beschwingt aus dem Adler zurückgekommen waren, ritt ein Mann im Fernsehen durch die Prärie, dem war nie wohl gewesen ohne das Davonreiten. Selbst mit grauen Haaren nicht. So oft ritt er. Dabei war er dem technischen Fortschritt nicht abgeneigt. Als es da war, das Auto, stieg er mit ein. So oft ritt und fuhr er davon von seinem Land, dem er voranstand, von seiner Stadt, die ihn brauchte, von seiner Frau, die ihn liebte, sich dann aber irgendwann dem Journalismus zuwandte, daß er einmal, aber nicht aus Versehen, zu weit ritt, hinein in den ersten Weltkrieg, dann kam an seiner Stelle ein Brief zurück. Höfe wollte ihm noch zuprosten mit einem Rest Wein, den er im Kühlschrank fand, da war er schon tot. Die Frau weinte, die Stadt und das Land hielten mit, aber alle mit Augen, die sagten, das sei der Pioniergeist.

Jetzt ist Höfe auch der Sonntag nicht mehr heilig. Er wählt die Nummer, die ihm Margret Freitag zugeschoben, aber unter der er bislang nie jemand erreicht hatte. Das an seinem ersten Arbeitstag nach dem Unfall. Der gar keiner hätte sein müssen. Aber die Chronik und Robert Teiler hatten ihn aus der Wohnung hinab ins Rathaus getrieben, kaputtes Bein hin oder her.

Freitag, neun Uhr.

Geben Sie zu, Herr Höfe, ohne mich wären Sie aufgeschmissen. Höfe wählt die Nummer schon, obwohl ihm Margret noch vom Anruf eines aufgeregten Touristen erzählt. Ob das stimme, habe der gefragt, was im Fernsehen berichtet wurde, daß der Bodensee nicht mehr erreichbar sei.

Freitag, neun Uhr dreißig.

Lassen Sie sich von mir nicht stören, ich habe auch zu tun. König, in Gutenmorgenlaune, hebt leicht seinen linken Arm, will die neuesten Nachrichten von Höfes Ferse mitgeteilt bekommen. Er gedenkt seines minderbemittelten Vorgängers, der die Seegemeinde so weit in die roten Zahlen getrieben habe, daß sie jetzt kaum mehr ein Bein auf die Erde bekomme, er müsse da ganz gewaltig drükken. Aber das Seefest war eine gute Idee, das muß ich ihm lassen. Er lädt Höfe zum Abendessen ein: Meine Frau will Sie unbedingt kennenlernen. Sonntag abend, acht Uhr. Erkundigt sich vor seinem Abgang, wen er denn da vergeblich zu erreichen versucht habe.

Freitag, zehn Uhr dreißig.

Beim dritten Versuch sind die Regenmäntel von Kapitän und Beifahrer geradezu fröhliche Farbtupfer in der Landschaft. Beim vierten gegen elf glaubt Höfe einen Passagier auszumachen, doch der kontrolliert nur den Wasserstand, während Kapitän und Beifahrer die Brücke auslegen und einholen. Beim achten gegen eins haben sich Kapitän und Beifahrer ein trotziges Lächeln zugelegt, das zeigt seine Zähne bis in den zweiten Stock.

Freitag nachmittag.

Den Hörer am Ohr, schaut Höfe aus dem Fenster. Der Gemeindearbeiter macht sich an den Sandsäcken zu schaffen, sein Murren ist bis in den zweiten Stock zu hören. Konsequent läßt er ein Paar links liegen, das offensichtlich seine Hilfe anbietet. Ihre Hartnäckigkeit wird nicht belohnt. Einige Klingelzeichen später sieht Höfe sie schmollend auf einer Parkbank sitzen.

Sonntag abend.

Teiler.

Seine Vorrede hat Höfe sich auf einem Notizzettel zurechtgelegt. Guten Abend, Herr oder Frau Teiler. Sie kennen mich nicht, mein Name ist Höfe. Seit einigen Wochen bin ich angestellt als Chronist der Seegemeinde, in der Sie bis Ende 1963 gewohnt haben. Bei meinen Recherchen bin ich auf Ihren Namen gestoßen, genauer auf den Ihres Sohnes, der im März 1963 auf bedauernswerte Weise ums Leben gekommen ist. Nun hoffe ich, daß Sie bereit sind, mir mit einigen Informationen weiterzuhelfen.

Nach Seegemeinde wird Höfe von einem scharfen Und unterbrochen. Dabei hat er nicht einmal den dritten Satz zu einem Abschluß gebracht. Höfe setzt noch einmal an und schafft es diesmal bis Informationen.

Herr Teiler redet, als habe er sich wie Höfe auf das Gespräch vorbereitet. Was erlauben Sie sich und Die Toten soll man ruhen lassen kommt in seiner Antwort ebenso vor wie, aber schon ziemlich am Ende, daß sich Höfe die Chronik für ein Kuhkaff hinten reinschieben solle und zwar bis zum Anschlag.

So etwas müsse er sich nicht bieten lassen, kontert Höfe, aber bereits gegenüber dem Besetztzeichen.

Bevor er aufbricht zum Abendessen bei Königs, schaltet Höfe den Fernseher ein. Nachrichten. Europawahl. Wie haben die Bürger gewählt. Der Wahlkampf war nicht elektrisierend, das muß gesagt werden. Stark interessiert an den Wahlen waren ganze sechs Prozent, aber auch einige der weniger Interessierten haben sich dann noch aufgerafft. Wahlbeteiligung: 30 Prozent und ein paar zerquetschte. Kanzler. Papst. Tennis. Fußball. Die Nachrichten stapeln sich aufeinander. Immer höher. Ohne daß der Turm ins Rutschen gerät. Hier wird Maßarbeit geleistet. Höfe legt den Kopf in den Nacken. Nimmt das Fernglas zu Hilfe. Oben auf der Spitze sieht er die Nachricht über das Hochwasser. Nur mit Mühe vermag er in der grauen Fläche, die sich über den Bildschirm ausbreitet, den Bodensee zu erkennen.

Die Krücke wartet hinter der Wohnungstür. Vor der Haustür und einige Straßen weiter wartet ein Gespräch, gleich hat es Höfe erreicht. Denn der regenfreie Abend zieht noch mehr Menschen aus ihren Häusern.

Wozu ein eisengeschmiedeter Gartenzaun gut sein kann, das wird Höfe bei dieser Gelegenheit ins Bewußtsein gerückt. Der Gartenzaun stützt die dem Wetter nicht gewachsenen Pflanzen, oft ohne die Hilfe einer Schnur. Er bewahrt bereitwillig Gerätschaften zur Bearbeitung der Beete an seiner Seite auf. Vor allem trennt der Gartenzaun Innen und Außen. Drinnen steht der Besitzer, in aller Ruhe, und der Zaun macht aus ihm einen Kaiser, der sein Reich inspiziert. Draußen eilen die Passanten vorbei, werfen neidische Blicke über den Zaun. Nur wenige bleiben stehen, aufgefordert vom Besitzer, der soeben seinen Efeu zurechtstutzt oder den Kompost umsticht.

Der Gemeindearbeiter, an seiner Pfeife kauend, steht auf der einen Seite des Zauns, der Kioskbesitzer auf der anderen. Daß die gewählten Räte der Gemeinde Geld nur verwalten können, wenn es unter ihrem Namen läuft, gehört für die beiden zu einem Gemeinplatz, den sie nur noch Dritten gegenüber wiederholen, so gegenüber dem neu hinzugekommenen Höfe, für den auch noch ein Plätzchen frei ist am Zaun. Vetterleswirtschaft hoßt des bei uns, was saget Sie? Filz. Klüngel. Krumme Geschäfte. Ein Ende sei nicht in Sicht, weil im Rat zwar immer wieder Gesichter ausgetauscht würden, aber die aktuellen Geschäfte denen von gestern glichen wie ein Ei dem anderen.

Über eines wundern sich beide und enthalten es Höfe nicht vor. Daß das Geld für einen Dorfchronisten nicht einem Verwandten zugeschoben worden sei. Dabei könnten die Gemeinderäte hier einen Handel aufmachen mit ihren Verwandten. Und jemand, der einen Stift halten könne, hätte doch auch im Umfeld der Gemeinderäte aufgetrieben werden können. Vielleicht auch nicht. Nichts für ungut. Für diese Tätigkeit hätten sie offenbar einfach keinen mit dem entsprechenden Know-how gefunden. So müsse es gewesen sein.

Die Kirchturmuhr schlägt Viertel vor acht, und alle erinnern sich laut, weshalb sie aufgebrochen sind. Höfe sagt, er sei zum Abendessen beim Chef eingeladen. I hoff do obe uffm Grillplatz sitzet it nu alte Henne, di irre Gikkeler s'Steak vorkaue möset. Au amol ebbes Gscheits, ebbes zum Flachlegge. Mit diesen Worten verabschiedet sich der Kioskbesitzer in Richtung Bettental. Der Gemeindearbeiter sagt nichts, der war zum Zweck der Geselligkeit an die innere Seite des Zauns getreten und wendet sich, in die Wolken seiner Pfeife gehüllt, wieder den Gartengeräten und Setzlingen zu.

Bevor Höfe Hand an die Klingel von Herrn und Frau König legt, kommt ihm Anton mit seinem Hund entgegen. Der strebt in dieselbe Richtung wie der Kioskbesitzer. Er will seinem Max an diesem Sonntagabend etwas Abwechslung bieten.

Frau König trägt eine Perlenkette, Höfe müßte gebeugt gehen. Die übrige Ausstattung entsprechend: Abendkleid, tiefes Blau, die Träger laufen schmal über die Schultern, der Saum gleitet über das Parkett.

Die ersten laut gesprochenen Sätze führen wie auf Schienen zum Wetter. Da kann Höfe gleich Kenntnis beweisen. Das Tief wird sich noch einige Tage mit Nachdruck Geltung verschaffen können. Sein Anfang liegt über den Britischen Inseln, sein Zentrum über dem gesamten Bundesgebiet, seine Spitze reicht tief hinein bis nach Österreich. Das heißt für die Überschwemmungen im Bodenseeraum.

Frau König: Einen kleinen Moment bitte. Ich bin gleich wieder bei Ihnen.

Höfe macht sich diesen Moment lang mit einem ersten Glas Wein vertraut. Bardolino. Der Moment ist lang genug für ein zweites. Beim Nachschenken grübelt Höfe über den Verbleib seines Chefs nach. Vielleicht hantiert er im Nebenzimmer mit den CDs. Da hat jemand klassische Musik aufgelegt, so wohltuend leise, Höfe denkt zunächst, es kommt von den Nachbarn. Vielleicht ist er noch geschäftlich unterwegs, an seinem Schreibtisch. Bei einem Bürgermeister weiß man nie. Höfe will vorsichtshalber seinen Aufenthalt im Büro am frühen Sonntagmorgen ins Gespräch einflechten.

Mein Mann ist in der Küche, wird Höfe von nebenan zugerufen, denn dort brät der Faraone, der wie angekündigt a diavolo zubereitet wird. Übers Hemd und die Krawatte hat Herr König eine Schürze gebunden, die mit einer Borte verziert ist. Frau König rauscht heran, um ihrem Mann Krümel von der Schürze zu klauben.

Das Essen und der Wein führen die Königs mit Höfe im Schlepptau nach Italien. Wohin wir jeden Sommer reisen. Dort stellen sie sich unter hohen Bäumen in den Schatten, kehren kurz zurück in die Heimat. Genau betrachtet, so der Einschub des Bürgermeisters, sei der Bodensee nichts anderes als ein Vorort von Italien, ich sage nur Mainau, seine Palmen. Dann forsten sie noch einmal das südliche Land bis zur Stiefelspitze durch und reichen sich Anekdoten aus dem Unterholz über den Tisch, bis der Bürgermeister nach den Tellern verlangt und den Nachtisch ankündigt.

Die kleinen Unannehmlichkeiten, die in einem Land anfallen, wo Kommunisten im Sommer Feste feiern dürfen, ohne am Festeingang ihre Gesinnung auf Tafeln anzuschlagen. So seien sie hineingeraten in eine Festa dell' Unità in Montemassi, mit accento grave, belehren sie Höfe, die Betonung liege auf der dritten Silbe, nichtsahnend, daß die Banknachbarn beim Wein mit ihnen auf die Revolution anstoßen wollten. Daraufhin hatten sie es vorgezogen, den angebrochenen Abend im Wohnwagen zu beenden. Sie hätten im VHS-Kurs Italienisch für Fortgeschrittene dieses Wort immer für Einheit verwendet und daher vermutet, ein solches Fest diene der besseren Verständigung zwischen Einheimischen und Touristen. Woran er als Bürgermeister ja besonders interessiert sei und deswegen bei solchen Gelegenheiten immer auf neue Ideen hoffe. Für ihn seien ein Ausdruck von Einheit die allseits beliebten Grillabende am Sonntagabend im Bettental. Gäste und Einwohner finden sich am Lagerfeuer zusammen, zu später Stunde wird auch mal eine Gitarre ausgepackt. Höfe erwähnt Herrn Herbstetter und den Kioskbesitzer, ja, die seien fast jeden Sonntag dort oben anzutreffen. Oder die von ihm ins Leben gerufene Aktion Wir sind sauber, die vor einer Woche ihren dritten Geburtstag feierte und alle kurz- und langfristigen Bewohner gleichermaßen auffordert, den angefallenen Unrat in den Uferanlagen zu beseitigen. In diesem Jahr wegen des Hochwassers eine knifflige Sache, da seien schon extra hohe Gummistiefel vonnöten gewesen. Eher eine symbolische Aktion, das Herumwaten im Schlamm auf der Suche nach einer Dose oder einem Stück Papier. Sie konnten da leider nicht mitmachen, da hatten Sie ja bereits Ihren Unfall gehabt.

Wie er Chronist geworden sei, ist die Frage, mit der sich Familie König anschickt, ins ernsthafte Gespräch einzusteigen. Höfe kämpft noch mit dem Nachtisch, kommt auch nur schleppend voran, weil seine Motorik ins Stokken geraten ist vom Bardolino. Dann fängt eben das Paar an, ein wenig mit der Frage zu jonglieren. Das funktioniert so gut wie über Jahre einstudiert, unter freundlicher Beachtung des Gastes als Zuschauer. In all seiner schon beinahe apathischen Nebensächlichkeit bleibt Höfe unabkömmlich.

Die Spürnase, die Sie haben, ist Ihnen in die Wiege gelegt worden. Wir sehen Sie vor uns, wie Sie im Laufstall die Nase in die Luft reckten, weil es von irgendwo her nach vergammeltem Papier roch, und dann jämmerlich geschrien haben, wenn Ihre Suche danach an den Gitterstäben endete. Später, sagen Sie uns nichts, wir wissen alles, haben Sie das gesamte Elternhaus auf den Kopf gestellt, um auf Spuren zu stoßen. Sie haben auf dem Speicher sämtliches Altpapier von hinten nach vorne gelesen, im Keller in Schränken gewühlt, um in vermoderten Mänteln irgendeinen Zettel zu finden.

Kaum erwachsen, sind Sie nicht mehr zu sehen. Wo immer Sie sind, sind vor Ihnen Aktenordner, Stapel von Zeitungen und Bücher. Wenn wir anfingen, das Gestapelte zur Seite zu räumen, und wenn wir nach stundenlanger Arbeit damit fertig wären, bekämen wir nichts als Ihren gebeugten Rücken und Ihren Hinterkopf zu Gesicht. Allenfalls noch ein leises Stöhnen. Herr Höfe, wir können nur sagen: Auf einen wie Sie haben wir gewartet. Sie mußten Chronist werden. Es blieb Ihnen gar nichts anderes übrig. Ihre Nase hat Ihnen gute Dienste geleistet. Ihre Tätigkeiten hier und dort, Ihr Graben nach Vergangenheit, wo zunächst keine zu sein scheint. Und jetzt, ein Mann in den besten Jahren, sind Sie am Bodensee gelandet. Die Krönung Ihrer Karriere.

Und sonst? fragt Frau König. Erzählen Sie mal von Ihrer Arbeit. Die Seegfrörne also. Ich hoffe nur, die Tiere kommen nicht zu kurz. Höfe fährt vom Sofa auf. Erwähnt den Aufenthalt im Rathaus am frühen Morgen, wo er sich mit dem Leiden der Tiere, hervorgerufen durch Kälte und Eis, beschäftigt habe. Damit schiebt er das Gespräch ein gutes Stück in Richtung Tierleben am Bodensee voran, ein Steckenpferd von Frau König, die schon einmal damit begonnen hat, Bildbände auf dem Beistelltisch zu stapeln.

Der Feldhase und das Eichhörnchen, verkündet sie, seien vom Bodensee nicht wegzudenken, ebensowenig der Hirsch und das Reh. Das Wildschwein halte sich im Verborgenen auf und dort am liebsten in Sumpf und Morast, aber sie dürften es noch nicht verloren geben. Die Autos und die Tierwelt, das sei ein Thema für sich. Ein leidiges. Steinmarder seien vorzugsweise platt unter parkenden Autos zu entdecken, Igel in Stücken am Straßenrand.

Die Unterhaltung läuft munter weiter, bis Höfe, leicht schwankend, zwischen Tür und Angel steht, ihm ins Jakkett geholfen, die Krücke überreicht wird. Warten Sie, ich begleite Sie noch ein Stück, sagt der Bürgermeister. Höfe habe also das Kunstwerk gesehen. Das sogenannte. Er, König, müsse hinter jedes Stück Kunst, das dieser Seidel produziere, immer ein sogenannt setzen. Und gewählt haben Sie auch noch? Das lob ich mir.

Unten auf der Straße kommt der Bürgermeister auf die Chronik zu sprechen. Ihm sei zu Ohren gekommen, daß

Höfe in seinem Kapitel über die Seegfrörne hauptsächlich über einen Jungen, einen gewissen Robert Teiler, schreibe. Ihm sei alles recht, Höfe habe alle Freiheiten. Aber er müsse auch auf das Wohl der Gemeinde achten. Die Chronik sei schließlich ihr Empfehlungsschreiben. Also: Keinen Krimi bitte. Kein Blut und keine Tragik. Die Chronik müsse rund und sauber sein. Und die Gemeinde in das vorteilhafteste Licht rücken.

Höfe hinkt zum Rathaus, hält seinen Personalausweis bereit. Fahnen flattern im Wind, der streng von Westen kommt. Österreich. Schweiz. Deutschland. Europa. Das sei aber noch ein Foto aus jungen Jahren, ruft Frau Schwenk, ganz ernst. Neben Frau Schwenk sitzen zwei alte Männer, die gähnen. Ansonsten ist der Wahlraum leer. Frau Schwenk zieht einen braunen Umschlag vom Schlitz der Urne weg.

Dobras' Buch von der Gfrörne liegt aufgeschlagen auf Höfes Schreibtisch. Fotos mit viel Eis und Vögeln, um die sich die Wasserschutzpolizei von Berufs wegen kümmert. Foto: Auf dem Polizeiboot Habicht sprechen vier Polizisten einem fünften zu, daß sein Netz den Kopf eines Schwans nicht verfehlt. Andere kümmern sich ehrenamtlich. Foto: Menschen, die der Abend schwarz gefärbt hat, stehen vor einem Topf aufgehackten Eises. Sie sind bei der Arbeit. Mit einer Schnur oder einem kleinen Netz ködern sie die Fische und holen sie aus ihren Schlupfwinkeln unterm Eis empor in den ausklingenden Wintertag.

Vor dem Fenster liegt das Motorschiff schief in den Wellen. Noch ein kurzer Blick in die Zeitung von gestern, Samstag, dem 13. Juni. Hochwasser nach wie vor. 5,65 m über dem Normalpegel. Wie schon an Pfingsten. Normalpegel heißt 391,91 m, das weiß Höfe inzwischen. Zudem weiß er, daß der Wasserstand in Konstanz gemessen wird. In der vor der Stadt gelegenen Bucht, die Trichter genannt wird.

Es ist bald 200 Jahre her, da hat der See zum letzten Mal so über sein Bett hinausgedrängt. Für den Südkurier Anlaß zu einem Rückblick ins Jahr 1817 und auf den Verfasser eines Tagebuchs, Freiherr Johann Franz von Bodman. Ich fuhr auf dem See, um die Verwüstungen des großen Wassers zu besichtigen. Es ist ein äußerst trauriger Anblick, auf den schönsten Erdäpfel-, Hanf- und Fruchtfeldern im Schiff herumfahren zu können.

Betroffen sind die Bauern auch in diesem Jahr. Der Landtag in Stuttgart hat angekündigt, daß demnächst ein Abgeordneter an den See reise. Um sich die Sorgen an Ort und Stelle anzuhören.

Im Zeitlupentempo fährt das Schiff in den Hafen. Zu dem Trio Chronist, Gemeindearbeiter und Kioskbesitzer hat sich Friseur Uhl gesellt, der ebenfalls seine Stimme für Europa abgeben will. Gemeinsam warten sie, bis das Schiff angelegt hat, aber nur Höfe steigt ein. Die Zurückbleibenden haben ein paar Worte für den Kapitän übrig: Häsch au scho gwählt? Um wa gohts denn? erkundigt sich der Kapitän. Jo, um Europa, du Hutsimpl. Wa monsch, wieso d'Fahne überall ummehänget. Kummet, lond mi mit dem Scheiß in Ruh. I kümmer mi um mei Schiff und domit hot sichs. Mit diesen Worten sind Friseur Uhl und der Kioskbesitzer, aber nicht der Gemeindearbeiter ruhiggestellt. Er sei froh über die Wahl, ruft er dem abfahrenden Schiff hinterher. Und über Europa. Da blieben wenigstens nicht alle beim Seefest hängen. Das Dumme sei nur, daß die Wahl morgen vorbei sei. Die

Mauer dagegen komme wieder. In ein paar Tagen werde er sie wieder hochziehen müssen. Darauf verwette er seinen Arsch.

7

All die Toten treiben auf dem See, zwischen Inseln aus Eis. Viele sind es, mehr, als die Chroniken aufgezählt haben. Mehr, als in den Archiven verzeichnet sind. Sie treiben hinaus, alle gut erhalten, vielleicht wegen der Kälte, sagt sich Höfe. Vögel kommen, Lachmöwen vor allem, aber auch einige Belchen und Stockenten. Ein einziges Kreischen und Piepsen. Die Vögel lassen sich auf den Leibern nieder, trippeln auf ihnen herum, picken hier und da, versuchen auch, sie zu sich hinauf in die Lüfte zu ziehen. Dafür aber reichen die Kräfte nicht. Höchstens einen Fetzen Stoff bekommen die Tiere zu fassen und tragen ihn mit sich davon. Zwei Schwäne schwimmen majestätisch heran, gleiten starren Blicks an den Leichen vorbei, als hätten sie ein ganz bestimmtes Ziel. Vor einem Jungen, der, Kopf nach unten, auf der Höhe von Wallhausen und Überlingen treibt, beginnen sie aufgeregt zu schnattern und mit den Flügeln zu schlagen. Höfe weiß, daß es sich um Teiler handelt. Jeder der beiden Schwäne greift sich einen Arm. Dann beginnen sie, Teiler mit sich fortzuziehen. Zuerst ganz langsam, so daß Höfe befürchtet, sie kämen gleich wieder zum Stillstand. Doch immer schneller klatschen ihre Flügel ins Wasser, bis der Junge tropfend zwischen ihnen hängt. So, einige Meter hoch in der Luft, verschwinden Schwäne und Junge in Richtung Obersee.

Anton ist inzwischen bei der Hochzeit angekommen. Wie Weihnachten. Man rede darüber, über die Vorbereitungen, über das Essen, man putze sich heraus, man freue sich und zeige, wie glücklich man ist über das bevorstehende Ereignis. Und dann, ruft er, während er sich einen Schnaps einschenkt, und dann so etwas. Ob sein Max durchkomme oder eingeschläfert werden müsse, habe der Tierarzt mit Sicherheit vorhin am Telefon nicht sagen können. Man müsse froh sein, daß es keine Toten gegeben habe. Daß er mit blauen Flecken davongekommen sei.

So was bassiert mir it. Wenn ich Goethe oder Storm vortrage, dann ist der Abend bis auf das i-Tüpfelchen geplant. Eineinhalb Stunden Vortrag, in denen ich keinen anderen zu Wort kommen lasse. Das Publikum schweigsam auf seinen Plätzen ausharren lassen, das ist meine Regel Nummer Eins für jede Art von öffentlicher Veranstaltung. In der Diskussion sorge ich dafür, daß ich alle Fäden in der Hand behalte. Da ziehe ich schon an den richtigen.

Anton leert das Glas in einem Zug. Weihnachten oder eine Hochzeit böten zuviel Freiraum. Das Essen, der Kirchgang, das Auspacken der Geschenke seien einfach nicht genug. Da bleibe massenhaft Zeit für Unterhaltung, die zwangsläufig zu Meinungsverschiedenheiten und Streit führe. Wenn es nach ihm ginge, müßten solche Feste zeitlich begrenzt sein, auf zwei, höchstens drei Stunden, und innerhalb dieser Zeit zöge man das Programm straff durch.

Höfe: Er müsse wieder nach oben. Anton nimmt ihn zum Abschied in den Arm: Feste hin oder her, das Wichtigste ist die Geschichte. Und für unsere haben wir den Richtigen gefunden. Du bisch en Bilderbuchchronischd. Die Umarmung erinnert Höfe an Sacramento. Western von Sam Peckinpah. Den er im Fernsehprogramm entdeckt hat und sich Dienstag abend zum wiederholten Mal anschauen wird. Steven Judd heißt der eine Held, schätzungsweise um die sechzig Jahre alt, rechtschaffen bis zu den Brillengläsern. Der andere, Heck Longtree, etwas rüstiger, dafür nicht so ehrlich, zieht mit seiner Pistole von einem Jahrmarkt zum nächsten.

Sie müssen reden.

Wo hast du all die Jahre gesteckt?

Du siehst aus, als wärst du weit geritten, aber ohne Erfolg.

Wir leben in der Gegenwart und nicht in der Vergangenheit.

Es gehört zum Risiko unseres Berufs, daß wir eine Frau verlieren.

An mir hat die Welt einen erstklassigen Buchhalter verloren.

Wir sind nicht gekommen, das Panorama zu genießen.

Da sind sie schon weit gereist, bis in ein Goldgräberdorf, wo sie Gold abholen.

Deswegen geht die Freundschaft zu Bruch. Longtree will nicht als rechtschaffener, sondern als reicher Mann sterben. Fünfzehn Minuten lang eiserne Feindschaft, harte Worte, Fesseln, Schläge. Dank der verkommenen Hammond-Brüder und einer atemberaubenden Schießerei wird die Freundschaft aber wieder gekittet. Sie halten sich im Arm, die beiden, und sagen: Alter Freund. Judd stirbt dann zwar wegen zu vieler Kugeln. Aber voller Vertrauen.

Höfe sitzt wieder vor dem Computer. Er liest. Korrigiert. Kratzt an seinem Verband. Fertig ist das Kapitel noch lange nicht.

Kapitel 10. Wie aus einer Tragödie echte Gemeinschaft entstand. Die Seegemeinde und die große Gfrörne von 1963. Zum Bodensee gehört ein Naturereignis der besonderen Art, die Seegfrörne, von den Nachbarn der Schweiz liebevoll Seegfrörni genannt. Das Ereignis hat Seltenheitswert, die große Gfrörne jedenfalls, die alle Arme ebenso wie den Rumpf des Sees mit Eis überzieht. Monatelange Kälte und Ostwind sind unerläßlich dafür. Kein Wunder also, daß sie im Schnitt nur alle hundert Jahre eintritt.

So lange es Eis über dem Bodenseewasser gegeben hat, so lange hat es Warnungen davor gegeben. Sie wurden mündlich weitergereicht, sie wurden auf großen Plakaten angeschlagen. Mit Fug und Recht. Denn jede Gfrörne hat ihre Opfer gefordert. Das muß gesagt sein: Ein Naturschauspiel in all seiner Pracht ist ohne Tote nicht zu haben. Tiere trifft es ebenso wie Menschen. Bereits die alten Chronisten berichten davon. Einer von ihnen namens Gabriel Bucelinus schildert den Verkauf von viertausend Wildenten an einem kalten Tag im Jahr 1435 in Konstanz, das Stück zwischen zwei und vier Pfennigen. Dieser Schleuderpreis kam dank einiger geschäftstüchtiger Frühaufsteher zustande, die den im Eis festgefrorenen Tieren ohne Aufwand den Kopf abschlugen.

Viele weitere Tiere und Menschen erfroren, brachen ein und ertranken. Genaue Zahlen sind von den meisten Gfrörnen nicht überliefert. Und auf die genannten Zahlen und Namen ist kein Verlaß. Die Unzuverlässigkeit der Chronisten, die Ereignisse vor ihrer Zeit notierten und sich auf mündliche Quellen verlassen mußten, bereitete bereits Werner Dobras in seiner einschlägigen Arbeit Die spannende Geschichte der Seegfrörnen von 875 bis heute Sorgen. Ausgeräumt wurden sie 1880. Denn in diesem Jahr erfolgte die erste amtliche Verzeichnung der Unglücksfälle und Toten bei einer Seegfrörne. In Wasserburg ertrank am sechsten Februar dieses Jahres ein Schlittschuhläufer, das Kind einer Witwe, deren Mann das Jahr zuvor beim Holzfällen unter einen Baum geraten war. Kurz darauf fanden zwischen Konstanz und Kreuzlingen zwei Männer den Tod, der eine war aus Hausen an der Aach, der andere aus dem schweizerischen Steckborn. Der Schweizer, Vater von vier Kindern, wollte in Münsterlingen seine kranke Tochter besuchen. Tags darauf ertranken mehrere junge Menschen bei Staad. Nahe Rorschach kam ein vierzehnjähriger Junge aus Goldach ums Leben. Ein Jugendlicher aus St. Gallen ertrank, als er dem bunten Treiben auf dem Eis zusehen wollte und sich dabei im Nebel verlor.

Höfe macht eine Fußnote. Ausführlichere Informationen sind bei Dobras, S. 34 ff. zu finden. Neben sich hat er die JRO-Wanderkarte Bodensee im Maßstab 1:150 000 liegen, hergestellt in München unter der Leitung von Dr. E. Kemling. Die Orte, an denen Menschen umgekommen sind, hat er mit kleinen Kreuzen versehen. Die Karte zeigt, daß der Überlinger See bis 1963 von Toten im Eis verschont geblieben ist.

König schaut herein, bleibt, die Hände auf Höfes Drehstuhl gestützt, hinter ihm stehen. Ein bißchen viel Tote, meint er, nachdem er den Ausschnitt auf dem Bildschirm gelesen hat. Höfe: Davon hebe sich das Lebendige und das Gemeinschaftliche der Gemeinde um so stärker ab. So, so. König läuft im Zimmer auf und ab. Das habe auch Herr Herbstetter auf der Hochzeit gesagt. Er hoffe, daß sie recht behielten. Aber Höfe solle nach Fertigstellung eine Kopie des Kapitels auf seinen Schreibtisch legen.

1963 hat sich bereits viel geändert. Humanität, Tierliebe und das Gemeinwohl wurden großgeschrieben. Ehrenamtliche Helfer machten sich bei Rettungsaktionen einen Namen. Gebrechliche konnten sich bei ihnen unterhaken. Sie befreiten in Eislöcher geratene Autos. Sie schlugen für die Enten Löcher ins Eis, auch in unserer Seegemeinde, direkt vor dem Großherzoglich Badischen Hauptzollamtsgebäude, das inzwischen Rathaus heißt. Dennoch, Verletzte und Tote blieben nicht aus. In dem heute leider vergriffenen Südkurier-Sonderheft Das große Eis sind sie übersichtlich unter dem Titel Opfer der Seegfrörne zusammengefaßt. Bis zu ihrem offiziellen Abschluß waren fünf Todesfälle zu beklagen. Am elften Februar wird ein 69jähriger Automechaniker tot, aber gut erhalten im Eis des Obersees entdeckt. Tags zuvor war er mit einem Lied auf den Lippen und seinem Fahrrad von Wasserburg in Richtung Altenrhein auf der Schweizer Seite gefahren, um dort Bekannte zu besuchen. Eine Woche später wird die mehrtägige Suche nach einem Gastwirt aus Bad Horn ergebnislos abgebrochen. Der Wirt wollte mit dem Moped den See überqueren. Nur zum Spaß, waren seine letzten Worte zu seiner Frau, die gar nicht gewußt hatte, daß ihr Mann ein Moped besaß. Zwei Schüler aus Friedrichshafen trieben am Abend des 22. Februar auf einer Eisscholle hinaus auf den Obersee. Am Nachmittag des nächsten Tages wurden sie wenige Kilometer vor dem rettenden schweizerischen Seeufer bei Güttingen gefunden. Beide lagen festgefroren auf dem Eis. Ein Arzt kam, um ihren Tod festzustellen. Der letzte dieser tragischen Fälle hat sich in unserer Seegemeinde zugetragen. Im März 1963.

Höfe überlegt, wo er die Renovierung der Kirche und damit die Gottesdienste in der Obsthalle einbauen kann.

Nüchtern gesehen, ist eine Seegfrörne in erster Linie teuer. Die Rettungsmannschaften, die Bundeswehr wollen bezahlt sein. Die Ausfälle beim Schiffahrtsverkehr reißen Löcher in Landes- und Gemeindekassen. Kaum ein Sprungturm stand nach dem Eis noch auf seinem angestammten Platz. Der Großteil mußte entsorgt und neue Türme mußten gezimmert werden.

Die Eisprozession hat leider keine zusätzlichen, womöglich unnötige Kosten verursacht. Gerne hätte Höfe sie hier untergebracht. Aber es war nicht herauszufinden, ob der Pfarrer eine Gefahrenzulage erhalten hatte. Ob die ehrenamtlichen Meßdiener und die Träger des Kopfes von Johannes auch finanziell für ihr Risiko entschädigt worden waren. Nicht nur spirituell. Was nichts Besonderes war. Denn alle Teilnehmer, die Neugierigen, die Opportunisten, die, die von sich sagen wollten: Ich war dabei, hatten etwas vom Segen abbekommen. Sogar die Nichtgläubigen. Höfe hätte auch erwähnt, wenn Meßdiener und Träger auf Kosten der Kirche oder der Gemeinde ein Glas Wein spendiert bekommen hätten.

Vermerk am Seitenrand: Weitere Nachforschungen anstellen.

Robert Teiler hat viele Aufgaben. Er hilft dem Vater auf dem Bauernhof. Er ist mit dem Motorschiff Frauenberg zwischen Bodman und der Seegemeinde unterwegs. Sobald er sich losreißen kann von seinen Pflichten, ist er auf dem Eis zu finden. Er schaut nach unten, dorthin, wo es pechschwarz ist. Er dreht eine Runde nach der anderen auf seinen Schlittschuhen. Er nimmt sein Fahrrad. Er ist unter den Zuschauern zu sehen, wenn Autorennen auf dem Eis stattfinden. Sein schönster Traum ist, über den Bodensee zu reiten. Wenn nicht mit einem richtigen Pferd, dann wenigstens mit dem Ackergaul seines Vaters. Der Vater aber hat klare Grundsätze: Ackergaul bleibt Ackergaul.

Ein Vater-Sohn-Konflikt sollte zumindest angedeutet werden. Vor Höfes Augen schiebt der Vater die Stalltür zu und sagt: Basta.

Teiler erzählt den Traum seinen Freunden Helmut und Willi, die ihn auslachen. Dem Eismeister, der mit einem Meßpickel über der Schulter unterwegs ist. Den Anglern, die auf kleinen Hockern ausharren. Der Eismeister hört zu und versteht. Der stützt sich auf seinen Meßpickel und schaut in die Ferne. Die Angler sagen: Wa wit mit em Roß? Du häsch doch e Rad. Die Angler verstehen nicht.

Die Geschichte mit dem Heuschober darf nicht unerwähnt bleiben. Teilers Hinken.

Ein Sprung ans Ende des Kapitels.

Die gesamte Gemeinde hat sich am Friedhof versammelt. Sie hat gesucht, sie hat nicht gefunden, sie trauert. Auch die Evangelischen sind gekommen, der evangelische Pastor steht ganz vorn neben dem katholischen Pfarrer und beteiligt sich an den Fürbitten. Der Sarg ist leer. Die Gemeinde steht um den leeren Sarg herum, der genau nach Vorschrift von vier Männern und zwei Seilen hinabgelassen wird in die Gruft. Sie steht auch auf den anderen Gräbern, um von den Reden des Pfarrers, des Bürgermeisters, des Kapitäns und des Klassenlehrers nichts zu versäumen. Kaum ist die letzte Rede zu Ende, schiebt sich die Menge nach vorn und verabschiedet sich von Robert Teiler durch einen Wink mit einem Thujazweig, der in Weihwasser getaucht worden ist, mit einer Schaufel Erde, von der der Mesner einen extra großen Berg bereitgestellt hat.

Bei den Rednern müssen die Namen angehängt werden. Rurzer. Kluge. Dörfer. Insbesondere Anton nicht vergessen. Auch der Mesner muß namentlich erwähnt werden. Das wird herauszufinden sein. Höfe steht mit dem Zweig vor dem leeren Sarg. Weiß nicht recht, was er dem Helden seiner Geschichte mit auf den Weg geben kann. Bevor ihm etwas einfällt, wird er von den Nachrükkenden zur Seite geschoben.

Zwei, drei Sätze noch. Die die Geschichte abrunden und nochmals das Engagement der Seegemeinde herausstellen sollen.

Höfe kommt mit dem Schluß nicht zurecht. Er streicht die Sätze zum Engagement und bemüht sich stattdessen, in hoffnungsvollen Worten den Bogen zur Gegenwart der Seegemeinde zu schlagen. Die Worte, die er vor sich stehen hat, werden hin und her geschoben. Gestrichen. Überschrieben. Da hilft kein Duden. Kein Gang zur Toilette. Auch kein Gespräch mit Frau Schwenk, die sich für ihr Benehmen auf der Hochzeit entschuldigt und ihm nahelegt, ihr Gerede im beschwipsten Zustand nicht für bare Münze zu nehmen. Sie habe übrigens bereits in Essen bei dem Herrn von der Bank angerufen. Zum großen Glück. Denn der habe die Polizei verständigen wollen.

Der Gestank des Sees zieht durch die geschlossenen Fenster. Längst stehen die Sandsäcke wieder. Höfe greift zum Südkurier. Der Ton der Zeitung ist biblischer geworden. Kaum ein Tag ohne Sintflut und Noah. Der Regen ist immer öfter ein Zeichen. In einigen Artikeln ist die Schuldfrage Thema. Stur hält sich der Wasserstandspegel auch an diesem 2. August auf 5,65 m.

Wenn die Katastrophe zum Alltag wird. – Seit mehr als zwei Monaten sind die Bewohner dieser Region Zeuge eines unvergleichlichen Naturschauspiels. Der Bodensee ist über seine Ufer getreten und weigert sich, in sein ihm zugewiesenes Bett zurückzukehren. Das war aufregend und beängstigend im Mai. Nachdenklich stand man im Juni davor. Jetzt aber, im Juli, ist der See zum Ärgernis geworden. Hartnäckig hält er sich auf dem Stand vom Frühjahr, sackt mal ein paar Zentimeter ab, macht aber den Rückstand bald wieder wett. Das Schlimmste sind nicht die überschwemmten Uferanlagen. Daß in den mühevoll angelegten Tagetes-, Rittersporn- und Rosenbeeten, in den Beeten, wo sich kleingewachsene Sonnenblumen an brasilianisches Zuckerrohr lehnten, der Schlamm steht. Nicht einmal der Übelkeit verursachende Geruch. Das Schlimmste ist: Der See entscheidet sich nicht. 5,65 m ist weder Fisch noch Fleisch. Viele wünschen sich inzwischen, das bestätigen Umfragen, eine richtige Sintflut. Die bringe wenigstens einen neuen Anfang. Katharsis, wie schon ein Philosoph wußte. Durch Schrecken reinigen. Aber dieses halbherzige Hochwasser. Das die Ränder der Kurorte, wo sie sich bislang in ihrer ganzen Pracht gezeigt haben mit ihren Stiefmütterchen, mit ihren Efeukränzen, in Schlamm verwandelt. Das den Anwohnern dauerhaft Schmutz beschert und Ekel statt eines kurzen heftigen Schreckens. Das ist für sie die Katastrophe, die in der Banalität verharrt. Und ihnen das Leben schwermacht.

Höfe ist dabei, die Haustür zu schließen, als Frau Müller ihre Wohnungstür öffnet. Wie gestern, als er von seinem Spaziergang zurückgekommen war. Da hatte sie ihn gebeten, sich ein wenig zu ihr zu setzen. Sie hatte geweint gehabt und mit dem Weinen weitergemacht, nachdem Höfe neben ihr auf dem Sofa Platz genommen hatte. Heute ist sie ununterbrochen in Bewegung. Sie legt ihren Rock in immer neue Falten, schüttelt die Sofakissen, sie zupft an der Decke, die über den Wohnzimmertisch gebreitet ist. Springt mehrfach auf, um Sekt und etwas zum Naschen aus der Küche zu holen, oder nur, um sich kurz ans Fenster zu stellen. Sie spricht hastig.

I de Realschuel z'Überlinge bin i nu e Johr gwese. Die meischde kenn i gar numme. Aber zum Klassetreffe werr i immer eingladde. Des findet jeds Johr statt. Immer am selbe Dag. Wie die zusammehaltet, die Klass, des isch kaum zum glaube.

Sonntag vor einer Woche also. Das nachmittägliche Zusammensein im Hotel St. Leonhard, nahe der Birkleklinik gelegen, eines der teuersten Restaurants in Überlingen. Bereits vor der Eingangstür des Hotels werden die ehemaligen Realschüler von der Belegschaft begrüßt. Mit einer Handbewegung, die gelernt sein muß, nach innen gebeten.

Höfe reist mit an.

Natürlich, ein paar Ausfälle sind jedes Jahr zu verzeichnen, heißt es bei der Begrüßung von einem, der, kaum sitzen alle geordnet vor ihrem Kaffeegeschirr, wieder aufspringt und das Schweigen der Runde mit einem Löffelschlag an sein Glas verdoppelt. Früher Klassensprecher, jetzt Klassentreffensprecher. Er liest die Namen der Nichtanwesenden von einem Blatt ab, das hält er vor seinen seit den Klassensprechertagen anständig gewachsenen Bauch. Dieses Mal haben es fünf ehemalige Kameraden nicht geschafft. Von den Verstorbenen abgesehen. Drei Männer, zwei Frauen. Die Gründe werden vorgetragen.

Da hat er Übung, der Klassentreffensprecher. Der hat eine Stimme, die durch trainierte Regulierung von Klang und Höhe zu jeder Geschichte einen Kommentar liefert. Der hat Hände, die haben durch das angesetzte Fett an Beweglichkeit gewonnen. Die tragen die Worte leicht und süffisant ins Publikum. Die dirigieren. Die Gründe werden so vorgetragen, daß jedem Fehlenden ein Lachen an den Ort, von dem er nicht wegkam, geschickt wird.

Die Runde wird fröhlich, die Rede hat sie auf Trab gebracht.

Kleine Inseln von Gesprächen bilden sich links und rechts von Höfe. Manche beugen sich dabei über den Tisch und in die Schwarzwälder Kirschtorten, ihres schlechten Gehörs wegen. So erfährt Höfe manches Kindheitserlebnis dreimal. Einige sehen so schlecht, daß sie mit Höfe lange Gespräche über die gemeinsame Jugend führen. Schüler Höfe. Mit kurzen Hosen steht er vor der, die jetzt die Hand vor Augen nicht findet, damals aber mit scharfem Blick und dicken Zöpfen über den Schulhof rannte. Höfe in kurzen Hosen voran, sie hinterher. Irgendwann ist Höfe k.o. und sie über ihm, drückt ihn hinab. Sagt: Jez zelli i, wie lang du ohne Luft uuskummsch. Als der Irrtum dann nach einigen solcher Geschichten von Frau Müller als Irrtum benannt wird: Der isch doch vill z'jung, ist das Gelächter groß. Vier treten in Begleitung ihres Zivildienstleistenden auf. Die sitzen gemeinsam mit ihren Zivildienstleistenden an einem Extratisch. Weil das viel praktischer ist, wie der Klassentreffensprecher in seiner Begrüßung begründet hat. Die sitzen dort und führen ihr Extragespräch. Nur wenige sind gestorben. Sonst sind alle sehr rüstig. Stehen kurz vor der Rente.

Die Runde hat eine Verabredung mit dem Münsterturm.

264 Stufen. Das ist das Mindeste für einen Kurort.

Nur gut, daß vier im Rollstuhl sitzen. Die warten im Schatten eines Baums. Die Kurzsichtigen werden dazugestellt. Die hätten sowieso nichts von der Aussicht. Dann können auch die noch in den Schatten gestellt werden, die nicht schwindelfrei sind und oben auf dem Münsterturm womöglich gekotzt hätten oder über die Brüstung gesprungen wären. Fünfundzwanzig bleiben übrig. Genau richtig. Weil nicht mehr als fünfundzwanzig den Turm auf einmal besteigen dürfen.

Höfe ist dabei, Höfe steigt mit. Die Krücke hat er in eine Ecke gestellt, vor zwei Wochen schon, aber eher aus Trotz. Gehinkt wird weiterhin. Er schnauft die 264 Stufen hoch. Bewegung ist gut, hatte der Arzt gesagt.

Dort hinten ist der Säntis.

Einmalig.

Wir können jede Ecke der Stadt sehen.

Nur zweimal im Jahr dürfen Gruppen auf den Turm steigen. Wir bilden eine Ausnahme.

Schauen Sie nur.

Der Klassentreffensprecher, immer in Überlingen ansässig, höchstens aus zwingenden beruflichen Gründen aus seinem Geburtsort zu entfernen, ist jetzt Münsterturmführer. Er hat sich eine Baseballmütze aufgesetzt und eine Mappe unter den Arm geklemmt, den Schlüssel zum Turm behält er lässig in der Hand. In seiner Mimik und Gestik ist die Zeit wie um Jahrhunderte zurückgedreht. Werbung macht er. Auf der obersten Zinne des Münsterturms preist er die gesamte Herrlichkeit des Kurorts, den Überlinger See, den Obersee und den Untersee, er preist den Bodanrück, den Säntis und den Altmann.

Die Ehemaligen fragen nach Details. Nach der Geschichte des Münsters, auf dessen Turm sie stehen. Die bekommen sie. Denn der Münsterturmführer ist gleichzeitig Münsterführer. Die vergangenen Zeiten sind für ihn Bälle, mit denen er jongliert.

Wie lange steht das Münster schon?

Wann hat Jörg Zürn gelebt?

Wann wurde der Hochaltar gebaut?

Aus welcher Zeit stammt die Kanzel?

Die Klassenkameraden haben heute alle ihre neugierigen Gesichter aufgesetzt. Heute sind sie ganz begierig darauf, etwas zu erfahren. Heute wollen sie es endlich wissen.

Das Holz des Hochaltars ist natürlich Lindenholz.

Die Gesten sind theatralisch und individuell zugleich.

Für die Einzelheiten des Altars benötigen Sie ein Fernglas, sagt der Münsterführer.

Hier wird Höfe warm ums Herz. Er zieht seins aus der Tasche. Wie Anton auf der Hochzeit sagt er, daß die Kunst im Detail beginne.

Frau Müller weiß noch mehr. Sie berichtet von der jährlich zweimal stattfindenden Schwedenprozession. Die ist schon länger her. Schwertletanz, sagt Frau Müller. Des isch e alte Gschicht. Höfe müsse wissen, daß der Kurort, als er noch kein Kurort war, hauptsächlich vom Weinanbau gelebt habe. Die Überlinger Winzer folgten vor einigen hundert Jahren einem Kaiser in einen Krieg. Gegen die Schweden. Die damals immer wieder versucht hätten, Zugang zum See zu bekommen. Vor dem Krieg war noch Kirchgang angesagt. Der war vor allem deshalb wichtig, weil die Kanten und Ecken der Kirche geeignet waren zum Schleifen der Degen, Schwerter und Lanzen. Alle schliffen also, bis auf einen. Der schwänzte die Kirche, dafür blieb er im Krieg. Die anderen kehrten siegreich heim mit ihren geschliffenen Waffen. Nicht, als ob der Kirchschwänzer damit genug gestraft ist. Seit diesem für ihn schwarzen Tag wird er jedes Jahr als Schießbudenfigur ausgestellt, während die Soldaten, die an der Kirche ihre Schwerter geschliffen haben, um ihn herumtanzen dürfen.

Da war noch was anderes.

Die Hofstatt, unterhalb vom Rathaus. Höfe und Frau Müller haben sich verspätet. Die Schwertletänzer packen ihre Schwerter ein. Ein Tip von einem Fan hilft weiter: Gleich würden sie noch einmal auftreten, oben auf dem Münsterplatz. Jetzt stehen Höfe und Frau Müller in der ersten Reihe. Der Kommandant, erkennbar an einem extra großen Federbusch auf seinem Helm, tritt nach vorn zum Pfarrer. Der sich nicht verkleidet hat. Der dort auf dem Münsterplatz das Hausrecht hat und zumindest gefragt werden muß. Der Kommandant holt sich beim Pfarrer die Erlaubnis ein, der vor den blinkenden Rüstungen der Soldaten steht wie aus einem anderen Film. Was dann auf dem Münsterplatz als Stille Post herumgeht, während der Kommandant kommandiert, ist die Affäre eines gemeinen, aber verheirateten Soldaten mit der Tochter des Eisenwarenhändlers. Der jetzt immer die Schwerter vor dem Tanz schleift, weil die Kirche nicht mehr herhalten darf wegen Bedenken des Denkmalamts.

Todernschd isch des, sagt Frau Müller, für die Überlinger ein so wichtiges Ereignis, daß die Soldaten und ihr Kommandant zweimal im Jahr auftreten müßten. Viermal also im ganzen kann der Überlinger dem Tanz beiwohnen. Frau Müller: So weit weg vom Theater, von einer Komödie erst, sei er wie der Teufel vom Weihwasser.

Sie ist während ihres hastig vorgetragenen Berichts immer näher an Höfe herangerutscht. Lehnt sich an ihn. Höfe zuckt kurz mit der Schulter. Jetzt nimmt sie seine Hand, nicht um die Bedeutung des Erzählten zu unterstreichen. Legt sie zuerst auf ihren Mund, dann auf ihre Brust. Sagt mit gepreßter Stimme: Findet Sie des it schö? Höfe sitzt starr. Dann ist sie über ihm. Sie versucht, Schürze und Rock nach oben zu ziehen. Dabei muß sie ihr Gewicht verlagern. Sie drückt ihre Stirn an Höfes. Er sieht ihr Gesicht, das vor Anstrengung verzerrt ist. Die Falten um Mund und Augen. Die Hasenscharte. Fast hat sie es geschafft, da kommt ihr Bein an den Wohnzimmertisch. Die frisch geöffnete Flasche Sekt geht zu Bruch. Oje, oje, ruft sie, klettert von Höfe herunter, verschwindet nebenan in der Küche. Leicht taumelnd richtet sich Höfe auf. Des gibt sicher Flecke. Frau Müller hat recht. Auch nach viel Wischen und Rubbeln bleibt der Sekt sichtbar im Parkett.

Später sitzen die beiden einander gegenüber im Eßzimmer. Der Tisch ist gedeckt. Eine dicke Scheibe Preßkopf und Brot auf karierter Decke. Zwei Flaschen Bier. Servietten. Nach einigen Minuten des Schweigens, in denen beide auf ihre Wurstbrote schauen, beginnt Frau Müller erneut mit sich steigerndem Eifer, vom Schwertletanz zu erzählen. Alle Versuche Höfes, ihre Erinnerungen auf die Seegfrörne umzuleiten, schlagen fehl. Gestern war es Höfe gelungen. Das mußte an ihrer Verfassung gelegen haben. Zunächst hatte sie unter Tränen von der überstürzten Abfahrt der neuen Essener Verwandtschaft berichtet, nicht nur der Schwiegersohn, dessen Eltern und die anderen Angehörigen seien nach dem Frühstück ins Auto gestiegen, auch ihre Tochter, und zwar ohne sich von der Mutter zu verabschieden. Höfe hatte ihr Ablenkung empfohlen. Sie könnte ihm doch ein wenig von ihrem Mann erzählen, zum Beispiel, was sie früher gemeinsam unternommen hätten, zur Zeit der Seegfrörne etwa. Gemeinsam hatten sie sich kurz darauf über ein Album mit Bildern der Familie Müller gebeugt. Des isch'r. 1928 bis 1988 stand unter einem dunklen Foto mit weißem Rand. Daneben die Anzeigen aus dem Südkurier. Drei Stück insgesamt. Familie Müller. Ehemaliger Arbeitgeber: das Bodenseewerk in Überlingen. Fußballverein. Sagen Danke. Für die wertvollen Dienste als Kassenwart, als Dreher, als Ehemann und Vater.

Anständigkeit, das habe Frau Müllers Mann immer wieder betont, zeige sich am Tisch. Aufgestützte Ellenbogen hätten ihn in Rage gebracht. Servietten hätten jede Mahlzeit begleitet. Sie mußten eine Woche reichen, samstags wurden sie in die Wäsche gegeben.

Herr Müller hatte das Leben seiner Familie fotografisch festgehalten und kommentiert. Es gäbe viele Bilder von ihrer Familie am Eßzimmertisch, sagte Frau Müller. Zwölf davon wurden Höfe auf die Schnelle gezeigt.

Die gesamten letzten Wochen seines Lebens fotografierte er die im Haus wohnenden Familienmitglieder, seine jüngere Tochter und seine Frau, vom Bett aus. Er habe sie zu sich gerufen, und dann sei erst einmal viel Zeit vergangen, weil sein Apparat keine Automatik besaß und bereits die Fokussierung für Herrn Müller kaum mehr zu bewerkstelligen war. Die Serie hatte Frau Müller dennoch eingeklebt. Die ersten Bilder zeigen Frau Müller und Margret von der Hüfte an aufwärts, ihre unteren Hälften werden vom Bettgestell abgeschnitten. Im Hintergrund ein Fenster mit zugezogener Gardine. Frau und Tochter verschwimmen im Verlauf der Serie immer mehr. Auf dem letzten ist alles schwarz. Da hatte er dann nicht mal mehr die Verschlußkappe abgenommen. Die Kommentare unterhalb der Fotos stammen von Frau Müller: Der sechstletzte Tag im Leben meines Mannes. Der fünftletzte. Der letzte.

Danach hatten Höfe und Frau Müller den Sprung nach 1963 gemacht. Auch die Fotos von der Seegfrörne besaßen einen weißen Rand. Als wolle sich das Eis über seinen Ausschnitt hinaus mehr Raum im Album verschaffen. Die Fotos waren am 17. Februar 1963 aufgenommen worden. Nebliger Tag, der die Hügel entfernte. Das Eis überzogen von einer dünnen Schneedecke. Darauf waren wie fast schon verweht die Spuren der Gemeindemitglieder und Fremden zu sehen. Die in Grüppchen oder allein sich über das Eis verteilten. Ein Kind war auf fast allen zu sehen. Herr Müller schrieb: Reinhold zieht im Hangen einen Schlitten hinter sich her. Mein Sohn stolpert am ehemaligen Waschplatz über eine Wurzel. Reinhold auf dem Schoß von Anton Herbstetter (Campingplatz). Vor dem Zollamt: der Sohn an der Hand seiner Mutter.

Nur auf einem nicht. Schneelandschaft ohne Menschen. Wo der Nebel endete und das Eis begann, hätte Höfe nicht sagen können. Eiszauber am Bodensee, hatte Herr Müller darunter geschrieben.

Frau Müller: Das dort hinten könnte der Wirt der Seebar sein. Das dort könnte Frau Schwenk sein. Das könnte Robert Teiler sein. Der Arme. Nein, sie wisse nichts Näheres über sein Verschwinden. Sie habe gegrübelt und gegrübelt. Aber ihr sei beim besten Willen nichts eingefallen. Außer Dingen, die Höfe sowieso bereits gehört habe. Höfe hielt sich das Foto nahe vor die Augen. Er nahm Robert am Arm und wollte ihn ein Stückchen zur Seite nehmen. Da bemerkte er den Irrtum. Der, den er zur Seite ziehen und mit dem er reden wollte, war der junge Seidel. Frau Müller hatte gesagt, daß jeder sich einmal irren könne.

Sie hatte Höfe Informationen für die Feinkorrektur geliefert. Daß die katholische Kirche renoviert wurde, fiel ihr erst ein, während sie sich die Fotos anschauten. Den gesamten Winter über, also auch während der Seegfrörne, fanden die Gottesdienste damals in der ehemaligen Obsthalle statt. Dieser Ort stellte manchen Kirchgänger auf eine harte Probe. Die leeren Obstkisten waren zwar zur Seite geschafft worden, aber man saß auf harten Holzbänken, eigentlich Bierbänken. Und dann die Kälte trotz des Ofens, der am hinteren Ende der Halle aufgestellt worden war und den der Mesner ordentlich mit Briketts und Holz beheizt hatte. Die Halle war aber einfach zu lang für einen Ofen. Vorne stand der Pfarrer Rurzer, der ein paar Jahre später bei einem Autounfall ums Leben kam, beinahe etwas verloren. Aber auch tapfer. Einziges Kleidungsstück jenseits der für einen Pfarrer vorgeschriebenen Montur war eine schwarze Pudelmütze. Während auf den hinteren Bierbänken die Kirchgänger dicht bei dicht saßen und ununterbrochen froren.

Saukalt war's. Natürlich. Da hat sie schon recht, die Frau Müller. Und gezogen hat es in dieser Obsthalle. Kaum auszuhalten. Ich wäre am liebsten zu Hause in meiner warmen Stube geblieben, aber du weißt doch, wie das war. Damals wurde mit dem Finger auf dich gezeigt, wenn dein Platz im Gottesdienst nicht besetzt war. Weißt du, für mich war das der Anfang vom Ende unseres sogenannten Wirtschaftswunders: auf harten Bänken zu sitzen, zu frieren und zu alledem noch einem Pfarrer zuzuhören. Jetzt komm. Laß uns unten weiterreden. Hinter vorgehaltener Hand spricht Anton weiter: Hier oben sitzed zviel Wunderfitzige. Mach au besser de Computer aus. Suschd hocked nochher alle in deinem Zimmer. Unten im Keller würdigt Anton die schmutzige Toilette mit keinem Blick. Die muß er in Kauf nehmen. Der läßt mir sonst das Wasser ins Archiv laufen, hatte Anton mal gesagt.

Der gäbe ganz schön was her, sein Verband. Erst jetzt könne man ihn eigentlich richtig zu den Invaliden zählen. Ob er denn heute trotzdem gut vorangekommen sei. Höfe berichtet, wie an den anderen Tagen in den letzten Wochen auch, von seinen Fortschritten. In den ersten Wochen hatte sich Anton den Recherchen Höfes gegenüber gleichgültig, wenn nicht ablehnend verhalten. Erst nach und nach hatte er Interesse gezeigt. Schließlich, nachdem ihm Höfe mehr Details und den Aufbau des Kapitels vorgelegt hatte, machte er es sich zur Gewohnheit, Höfe frühmorgens in seinem Büro abzufangen, um über den neuesten Stand der Chronik aufgeklärt zu werden. Heute kann Höfe ihm ankündigen, am Abend wohl eine erste, allerdings noch sehr vorläufige Fassung seines Seegfrörne-Kapitels fertig zu haben. Auf die Frage Antons, ob die unselige Hochzeit noch zu inhaltlichen Änderungen geführt habe, antwortet Höfe mit einem Kopfschütteln.

Das Gegenteil von Vergessen sei Gerechtigkeit. Dieser Satz stehe Höfe wie maßgeschneidert. Er habe also das

Gerede der Schwenk am vergangenen Samstag nicht für bare Münze genommen. Das sei vernünftig. So einen Chronisten habe er sich gewünscht. Der sich allein auf die Fakten stütze.

Wie es jetzt weitergehe, erkundigt sich Anton. Ich steh dir zur Seite. I werrs dir scho zoge.

Mit den anderen Kapiteln will es Höfe genauso halten.

Des isch richtig. Im Kleinen das Große aufschreiben. Wie das Dorf nicht der Arsch der Welt ist, sondern sein Herz. Anton zieht das Zwetschgenwasser aus dem Regal. Wirklich. Genau so habe sich das damals alles zugetragen. Erst in der Tragik zeige sich die Stärke einer Gemeinschaft. Wie sie damals am See die Rettungsmannschaften unterstützt hätten. Auf einen Rettungsmann seien sicher drei Helfer aus der Seegemeinde gekommen. Man habe vergeblich versucht, sie zurückzuhalten. Wie du das auch geschrieben hast.

Nachdenklich schaut Anton auf die Schnapsflasche, die er in der Hand behalten hat. Jetzt könne er Höfe etwas liefern, was er bislang verschwiegen habe. Nichts von Belang. Es ändere nichts an dem Tatbestand, den Höfe in der Chronik darlegt. Er sei der Mann gewesen, der damals mit seinem Hund am See spazierengegangen sei. Der habe auch Max geheißen. Alle seine Hunde hießen Max. Da brauche er sich bei einem neuen Hund nicht auch noch an einen neuen Namen zu gewöhnen. Er habe das damals nicht an die große Glocke hängen wollen und sich daher verbeten, daß sein Name genannt werde. Aber jetzt, wo sich zwischen ihm und Höfe ein so vertrautes Verhältnis entwickelt habe, wolle er ihm gegenüber offen sprechen. Er verlasse sich allerdings darauf, daß Höfe ihn in diesem Zusammenhang nicht erwähne. Das führe nur zu Gerede. Ansonsten habe er natürlich nichts dagegen, in der Chronik erwähnt zu werden. Auch mehrfach. Schließlich habe er seinen bescheidenen Beitrag zum Wohl der Seegemeinde geleistet.

Aber alles hat sich so zugetragen, wie ich es damals berichtet und wie es auch in der Zeitung gestanden hat. Bis auf eine, aber völlig nebensächliche Kleinigkeit. Auf dem Rückweg, kurz hinter der Stelle, an der Anton den Jungen gesehen hatte, traf der Strahl seiner Taschenlampe zwei Schwäne, die im seichten Wasser gründelten. Gründeln, ein schönes Wort, nicht wahr, erklärt Anton auf Höfes Nachfrage, das ist Nahrungssuche, das ist nichts anderes als Buddeln im Uferschlamm. Aber die Schwäne. Es waren die ersten, die er seit langem gesehen hatte, und wie gebannt beobachtete er sie ein ganze Zeitlang. Er dachte auch über das Gründeln nach. Philosophierte ein wenig. Wie die Menschen ebenso wie die Schwäne unentwegt am Gründeln sind, also im Schlamm wühlen, und wie unerläßlich dieses Wühlen ist, um auf Nahrung zu stoßen, im geistigen Sinne. Nur daß die Menschen nie tief genug gründeln würden. Anton nickt Höfe kurz zu. Die Schwäne seien im Lichtkegel seiner Lampe seeaufwärts geschwommen, immer weiter gründelnd, und als sie an der Stelle ankamen, an der er zuvor den Jungen gesehen hatte, war dieser verschwunden gewesen. Aber ich hätte gehört, wenn der Junge um Hilfe geschrien hätte. Da bin ich mir ganz sicher. Da hätte ich ihm auch geholfen, trotz meiner Angst vor dem Eis. Er muß freiwillig und lautlos auf den See hinausgetrieben worden sein. Er wollte dort hinaus. Wahrscheinlich einzig und allein aus Abenteuerlust.

8

Höfe folgt seinem Atem durch den frühen Abend. Stallgeruch dringt in seine Nase. Kaum ein anderes Körperteil ist zu sehen. Nase und Augen. Die Pudelmütze hat er sich tief in die Stirn gezogen. Den Schal so umgebunden, daß auch Kinn und Mund vor der Kälte geschützt sind. Fäustlinge. Anorak. Dicke Stiefel. Durch die Ritzen der Stallwände fällt Licht. Höfe kann zwei Stimmen unterscheiden, zunächst aber nur Satzfetzen verstehen. Elende Sauerei und Nicht noch mal hört er. Er geht näher heran, lauscht. Jetzt bekommt er jedes Wort mit, das drinnen gesprochen wird. Auch weil Herr Teiler und sein Sohn immer lauter werden. Vor allem der Sohn spricht im Augenblick, schreit, während der Vater über ein mehrfaches, in der Lautstärke sich steigerndes du, du nicht hinauskommt. Er, Robert, habe die Schnauze voll. Stall ausmisten. Kühe melken. In diesen bescheuerten Gummistiefeln und Latzhosen herumlaufen. Wenn er seinen Vater anschaue, von oben bis unten mit Mist bekleckert, mit der Scheiße und Pisse seiner Kühe, dabei aber ständig über Sauberkeit schwadroniere, käme ihm das kalte Grausen. Schließlich hat der Vater die Worte gefunden, nach denen er gesucht hat. Du Sauhund, du Sauhund, brüllt er, du elender, dreckiger Sauhund. Von Robert ist nichts mehr zu hören. Höfe späht mit seinem Fernglas durch eine Ritze. Er kann Vater Teiler erkennen, halb verdeckt durch einige aufeinandergestapelte Strohballen. In seinen Händen hält er eine Mistgabel, die er mehrmals ruckartig hoch und runter stößt. Zwischen angestrengtem Keuchen zischt er: Dir wer i Reschbegt beibringe. Dir wer i beibringe, dein Bape z'achte. Plötzlich läßt er ab von seinem wütenden Stechen. Regungslos steht er, die Mistgabel schwebt über seinem Kopf. Nur sein rasch gehender Atem ist zu hören.

Noch ein bißchen kürzer? fragt Herr Uhl. Höfe sieht im Spiegel vor sich einen zweiten mitsamt seinem Hinterkopf. Das sei ausreichend. Höfe will nur noch den Nakken ausrasiert haben und gefönt werden. Das halbe Dorf sei in den letzten Tagen bei ihm aufgetaucht. Der Friseur zählt Namen auf. Jedes Fest, ob nun Hochzeiten oder Taufen, auch Beerdigungen, wirke sich sehr positiv auf seine Bilanz aus. Gestern sei sogar ein Kunde von auswärts in seinem Geschäft gewesen. Der habe sich von einer Gruppe abgesetzt. Da sei zwar nicht viel zu schneiden gewesen, aber der Kunde habe gemeint, vor so einem Fest sei der Friseurbesuch Pflicht, ob man nun Haare auf dem Kopf habe oder nicht. Ein überaus angenehmer älterer Herr sei das gewesen. Sehr gesprächig. Es sei übrigens der künftige Schwiegervater der Gerda gewesen, bei der Gruppe müsse es sich also um die Verwandtschaft aus dem Ruhrgebiet gehandelt haben.

Höfe hatte die Besucher bereits gestern begrüßen dürfen. Sie erschienen sogleich nach ihrer Einquartierung im Adler bei Frau Müller. Die Schwiegereltern, Geschwister, zwei Cousins, eine Tante und ein Onkel sowie ein älterer Herr, der sich schon bald zu Höfe gesellte. Frau Müller trug Stühle ins Wohnzimmer. Sekt wurde herumgereicht, auf das Brautpaar angestoßen. Man sprach über die jeweiligen Wohnorte. Die Gäste konnten trotz ihres erst kurzen Aufenthalts in der Seegemeinde bereits viele Ähnlichkeiten zu ihrer Heimat feststellen. Das schlechte Wetter. Der See. Ihrer sei zwar kleiner, aber von derselben ins Bräunliche gehenden Farbe. Er beginne zudem mit demselben Anfangsbuchstaben. Um ihren See herum löse ein bewaldeter Hügel den nächsten ab, ganz so wie hier. Schon von daher seien die besten Voraussetzungen für eine Verbindung gegeben.

Der ältere Herr war ein entfernter Verwandter, so weit entfernt, wie er Höfe versicherte, daß er eigentlich auf der anstehenden Hochzeit nichts verloren habe. Aber er sei so eine Art Maskottchen der Familie, ein Glücksbringer. Sie nähme ihn zu jedem Fest mit.

Die Klingel kündigt einen neuen Kunden an. Es ist der Bürgermeister, der von Frau Uhl überschwenglich begrüßt wird. Höfe und der Friseur hören im Nebenraum, wie ein Schirm ausgeschüttelt wird. Wie Frau Uhl den Bürgermeister zu seiner gesunden Hautfarbe beglückwünscht: Waret Se im Sonneschdudio? Wie Herr König auflacht und sagt, daß auch Bürgermeistern Urlaub zustehe. Sie wissen gar nicht, Frau Uhl, wie schwer das ist. Die Gemeinde nach außen hin zu vertreten. Damit alles im besten Licht erscheint, muß ich Schwerstarbeit leisten. Frau Uhl will das alles gerne glauben: Sie Ärmschder.

Ah, sieh an, unser Chronist. Lassen sich auch hübsch machen für die Hochzeit. Herr Uhl zählt auch dem Bürgermeister auf, wer ihn alles in den vergangenen Tagen aufgesucht hat. Höfe erwähnt, daß Seidel verhindert sei. Gott sei Dank, ruft der Bürgermeister. Den hätten sie sonst an den Katzentisch setzen müssen. Mir zuliebe.

Bei Herrn König beginnt der Urlaub an der Schweizer Grenze. Zwischen Konstanz und Kreuzlingen. Wenn ein

Schweizer Grenzer aus seinem Häuschen trete und Grüezi sage. Dann sei er eigentlich schon in Italien. Der Bürgermeister schwelgt in Erinnerungen. Der Stau in Rorschach. Das Wurstbrot auf dem San Bernadino. Die durchgelaufenen Halbschuhe in Alassio. Die Palmen, die ihn an die Mainau denken lassen. Sie wissen, wie das ist.

Am Meer: Das Handtuch wird zunächst ausdauernd, dann träge gegen den Sand verteidigt. Im Wasser wird nach Quallen Ausschau gehalten. Eine habe seine Frau dennoch erwischt. Die habe dann fünf Tage den Wohnwagen nicht verlassen können. Wenn man an nichts Böses denke, komme ein Neger und wolle Sonnenbrillen verkaufen. Oder Kokosnüsse. Wo er gegen Nüsse jeglicher Art allergisch sei. Und mindestens fünf Sonnenbrillen besitze. Alle Wertarbeit. Sie hätten ja einst gedacht, das Meer, das Wasser halte die Neger ab. Aber Grenzen seien eben nichts mehr wert heute. Natürliche nicht, staatliche ebensowenig. Dort die Afrikaner, hier die Aussiedler.

Frau Uhl: Die kennet it mol richtig deutsch schwätze.

Größer als die Landschaft seien die Mülleimer, dafür in einem natürlichen Olivgrün gestrichen. Gut zu sehen im Gelände. Oasen inmitten des Sandes, die König immer wieder gern aufgesucht habe. Dort hätten sich dann auch stets Landsleute eingefunden. Ein Bier in der Hand, Zigarette, Badeschlappen an den Füßen, das nenne er eine gute Gesellschaft. Gemeinsam hätten sie von dort aufs Meer geschaut.

Urlaub ist: Zwischen Wohnwagen und Strand hin und her pendeln. Schmutziges Geschirr links liegen lassen bis zum anderen Morgen. Ungeniert eine Baseballmütze tragen. Haufenweise Sand in der Badehose. Ein zweiter

Espresso. Ein Bidet. Sonnenöl. Urlaub ist, wenn er vorbei ist und man von ihm erzählen kann.

Tadellos erholt sei er. Jetzt warte Arbeit auf ihn. Der Wettbewerb Wer hat den schönsten Blumenschmuck im Dorf muß vorbereitet und kommende Woche durchgeführt werden.

Und Sie, Sie dürfen leider nicht in Urlaub, sagt der Bürgermeister zu Höfe, dessen Jackett gerade vom Friseur abgebürstet wird. Sie müssen ja noch die Probezeit absitzen. Er fragt außerdem, wie Höfe mit der Chronik vorankomme.

Das erste, also das letzte Kapitel sei mehr oder weniger abgeschlossen.

Sommerblumen in der Seegemeinde sind: Geranien. Höfe sieht sie auf dem Weg zur Arbeit. Die Balkone hängen voll davon. Keiner will auf Geranien verzichten. Rot paßt gut zu den grünen Plastikblumenkästen. Der Regen hält die Gemeinde nicht ab. Sie macht sich hübsch. Schmückt sich mit Farben. Bereitet sich auf das Ereignis des Blumenschmuckwettbewerbs vor. Eine Kommission unter Leitung des Bürgermeisters wird nächste Woche durch die Straßen gehen. Zehnmal fünfzig und zwanzigmal zehn Mark sind unter die Gemeinde zu bringen, dazu Urkunden. Kein Wettbewerb ohne Trostpreise. Dreißig Eintrittskarten für die nächste Lesung, die Anton dabei ist zu organisieren. Titel: Der Deichbau. Ein literarisches Ereignis.

Damals, 1963, war das Leben auch in Farbe. Die roten Schals, die grünen Pudelmützen, die gelben Anoraks. Das ist auf Fotos nicht zu erkennen. Alle, die Höfe kennt, sind schwarzweiß. Die Bilder in der Chronik werden ebenfalls so gehalten sein. Auch das Foto auf dem Einband. Das die Seegemeinde von heute zeigen wird. Irgendwo muß mit dem Sparen angefangen werden, hatte Herr König gesagt.

Unter einem Vordach in der Sernatingenstraße und so vorm Regen geschützt sitzen Herr und Frau Forcht. Schauen aufs Leben. Sehen Höfe auf dem Weg zur Arbeit. Unsere Petunien sprechen eine eigene Sprache, sagen sie. Die Hängenelken lassen uns träumen von. Die Fleißigen Lieschen hier vorne, können Sie daran vorbeigehen, ohne? Die Begonien erzählen von einem anderen Leben, das. Die Fuchsien: leuchtende Regentropfen, ihre Knospen.

Ist sonst noch etwas passiert? Höfe hat sich's im Archiv bequem gemacht, um, wie üblich, von den Fortschritten zu berichten. Anton krault Max hinterm Ohr. Verteilt den Rest von 1966 auf die Ordner. Einen Artikel für die Schublade Politik behält er in der Hand. Damals, als des Kanzlers Stimme wegen der Franzosen gebebt habe, hätten sie sich getroffen im Adler und eine Resolution verfaßt. Parteiübergreifend. Daß sie, die aus dem Dorf und damit alle Deutschen, wieder jemand seien und es sich daher verbäten, daß der Nachbar ihren Landesnamen in Gänsefüßchen setze. Die Resolution sei von einem Beauftragten zur Post gebracht und nach Paris geschickt worden, heißt es am Ende des Artikels.

Während Anton weitere Artikel ausschneidet und auf die Schubladen verteilt, denkt er laut über Höfes verbleibende neun Kapitel nach. Bei dem Kapitel über die Seegfrörne sei genügend Material vorhanden gewesen. Das Archiv habe, wenn auch nicht vollständig, Artikel gespeichert. Die Einwohner der Seegemeinde hätten ihm bereitwillig Informationen geliefert. Die Vorzeit jedoch sei ein härterer Brocken. Von der die Quellen nur stockend berichteten. Die den Einwohnern vor allem aus Sagen und Schwänken bekannt sei. Höfes erster Begleiter auf seinen Recherchen müsse da die Broschüre Aus der Heimatgeschichte der Seegemeinde sein. Schon hat sie Anton in der Hand: Die ist in unruhigen Zeiten erschienen. 1939. Aber der für das Buch verantwortliche Doktor Kittel ist Experte gewesen. Fast alles, was an Geschichte verborgen gewesen ist, wurde von ihm an die Oberfläche geholt. Leider konnte er das Projekt nicht zu Ende führen, aus der Broschüre keine umfassende Chronik machen. Er war lange in Haft, nach 45, danach ein anderer. Gebrochen. Hat sich zu Tode gesoffen.

Durch den Schacht fallen Regentropfen und das spärliche Licht des Nachmittags. Inzwischen sind die Stromausfälle zur Gewohnheit geworden. Mal geht der eine, mal der andere zum Sicherungskasten. Höfe solle sich das Jahr 1294 ansehen. Den 29. September.

Anton blättert in der Broschüre. In dieses Jahr fällt das erste bedeutende Ereignis unserer Seegemeinde. Wir werden an das Überlinger Spital verkauft. Kaufpreis: 95 Mark Silber. Die Überlinger bewahren die Kaufurkunde noch heute in ihrem Städtischen Archiv auf. Allein zu unserer Demütigung. Um uns zu sagen: 95 Mark, ein Spottpreis, aber immer noch genug für euresgleichen.

Der Ursprung fehlt bislang. Dr. Kittel hatte gesucht und hätte ihn auch gefunden, da ist sich Anton absolut sicher, wenn er das Unternehmen nicht hätte vorzeitig abbrechen müssen. So aber ist bislang unbekannt, wann sich die Vorfahren, die dann an das Spital verkauft wurden, hier niedergelassen haben. Anton sieht darin eine der wichtigsten Forschungsaufgaben für Höfe.

Höfe fragt, wie oft Anton Robert auf dem gefrorenen See gesehen habe. Wie Teiler in der Schule gewesen sei. Nach dem Verhältnis Teilers zu seinen Freunden.

Anton erzählt von der Arbeit des Eismeisters. Der war einer der meistverlangten Männer dieses Winters. Teiler erging es nicht anders als den anderen. War der Eismeister auf dem Eis, war auch er dort zu finden.

Der Eismeister sagt zu Teiler und Höfe: Ich gehe aufs Eis, weil es meine Aufgabe ist. Er nimmt den Meßpickel von der Schulter, schlägt ein Loch ins Eis, taucht ihn ein, zieht am Holz, bis der Stahl unten am Eis liegt. Dann sagt er zu den beiden, die ihn beobachten: Lest ab. Sie fragen nach den Eisbewegungen. Nach den Dehnungen und Wendungen. Den Barren und Bergen des Eises. Nach den Wunnen.

Anton erzählt von seiner Vorliebe für den Geographieunterricht. Seinen Fragen, die die Schüler immer wieder zur Lage und zu den Maßen des Bodensees geführt hätten. Auch wenn der See gar nicht Gegenstand des Unterrichts gewesen sei. Um zu überprüfen, ob die Schüler auch ihre Heimat parat hatten. Wenn er gefragt habe, war Teiler ganz klein geworden auf seinem Platz. Im Unterschied zu den meisten anderen. Die waren aufgesprungen.

Die Schüler im Chor: Mit 539 Quadratkilometern Fläche und 263 Kilometern Uferlänge ist der Bodensee der größte der deutschen Seen und das drittgrößte Binnengewässer Europas. Die Bewohner des Bodensees stammen von den Alemannen ab und sind von gleicher Mentalität. Der Hai des Bodensees heißt deutscher Bodenseehecht und ist ein gewandter Raubfisch. Gegrillt ist er sehr zu empfehlen. Ein etwas kleinerer, aber immer noch ernstzunehmender Raubfisch ist die deutsche Bodenseelachsforelle. Sie bereitet man blau im Kräutersud zu oder serviert sie kalt als Vorspeise mit Mayonnaise und Spargel. Gourmets schätzen getrüffelte Lachsforelle in Hechtmus. Dazu einen Müller-Thurgau oder Ruländer.

Danke. Setzen.

Ob dieser Willi Brito und der Seidel oft mit dem Robert zusammengewesen seien, will Höfe wissen.

Immer. Ein Kleeblatt. Aber ein unheilvolles. Nichts als Unfug im Kopf. Am schlimmsten war dieser Brito. Wenn du mich fragst, der hat die beiden verführt. Den Teiler zumindest. Nichts gegen die Ausländer, aber an diesem Brito hat mir von Anfang an die verschlagene Physiognomie mißfallen. Der war verdorben. Von Grund auf. Anton hängt noch einen Exkurs zur wahren Freundschaft im allgemeinen und besonderen an. Die sich erst zeige, wenn Not am Mann sei. Am Dichter Schäfer etwa könne sich jeder ein Beispiel nehmen. Der habe ihn, den jungen, mittellosen Lehrer, immer wieder zum Essen eingeladen und danach zu einem Schoppen Wein. Obwohl die Schäfers damals auch knapp bei Kasse gewesen seien.

Der Wirt in der Seebar wird unmerklich freundlicher. Höfe, inzwischen Stammgast, wird mit einem Nicken bedacht. Reinhold sitzt an der Bar. Ohne zu zögern nimmt Höfe auf dem Hocker neben ihm Platz. Beim Müller-Thurgau tauen die beiden auf. Beim vierten erzählt Höfe, wie er Chronist geworden ist. Reinhold lehnt sich zurück. Läßt sich bei seinem Leben mehr Zeit als Höfe. Als er bei der Seegfrörne angekommen ist, kommt er gewaltig ins

Stocken. Höfe schenkt Wein nach, bringt ihn mit Fragen über Kälte und Eis wieder in Gang. Damals will Reinhold ein Gespräch belauscht haben. Zwischen Herrn Herbstetter und seiner Mutter. Ein unmögliches Gespräch, das ein Traum gewesen sein muß.

Er sei eine kleine Wurst gewesen, gerade mal acht Jahre alt, als der Robert starb. Ab und zu durfte er ihn und seine beiden Freunde auf ihren Streifzügen begleiten, am See entlang oder durch den Wald. Auf dem Spittelsberg hätten sie besonders gern gespielt.

Der kleine Reinhold preßt sein Ohr an die Tür des Schlafzimmers, Höfe lugt durchs Schlüsselloch. Im angrenzenden Wohnzimmer spielt sich folgende Szene ab. Herr Müller auf dem Sofa brennt sich eine Zigarre an. Frau Müller, neben ihm, hält sich die Hände vors Gesicht. Die können die Tränen nicht zurückhalten. Auch nicht das immer wieder laut aus ihr herausbrechende Schluchzen. Der Südkurier liegt aufgeschlagen auf ihren Knien. Das Datum: Donnerstag, 4. April 1963. Herr Herbstetter geht mit großen Schritten im Zimmer auf und ab.

Frau Müller: Des ... des ... des ... stoht doch aber so it i de Zeitung.

Herr Herbstetter redet leise, aber bestimmt davon, daß es schwierige Situationen im Leben gäbe, in denen man sich entscheiden müsse. Solche Entscheidungen trüge man danach mit sich herum wie einen kleinen Stachel. Nichtsdestotrotz. Die Entscheidung, die er, ihr Mann, und der Teiler getroffen hätten, sei die einzig richtige gewesen. Herr Müller sagt nichts, beschäftigt sich mit seiner Zigarre.

Aber sie hätten die Polizei benachrichtigen müssen. Der arme Junge. Der brauche doch eine ordentliche Beerdigung. Jetzt greift auch Herr Müller ins Gespräch ein, legt seiner Frau besänftigend die Hand auf den Arm. Der Teiler sei ein guter Freund von ihm und vom Anton. Den könne man doch nicht im Stich lassen. Bald sitzt auch Herr Herbstetter auf dem Sofa. Die Männer reden ihr zu, trösten sie, und Frau Müller weint immer leiser vor sich hin.

Die Szene vor dieser Szene.

Drei Männer befinden sich auf dem Weg zum Spittelsberg. Nachts. Die Taschenlampe wirft einen Strahl Licht voraus in den Wald. Herr Teiler hat einen Spaten geschultert. Herr Herbstetter eine Spitzhacke. Herr Müller einen großen Plastiksack. Sie ziehen den hinter Büschen versteckten Robert weiter in den Wald hinein. Beginnen zu graben. Wortlos wechselt die Hacke zum nächsten. Trotz der Kälte läuft ihnen der Schweiß übers Gesicht. Bei dem gefrorenen Boden ist selbst die Spitzhacke ein unzureichendes Werkzeug. Immer nur kleine Klumpen Erde bekommen sie losgehauen. Vater Teiler ist der Eifrigste. Nach mehr als einer Stunde steht er in einem Loch, ohne Anorak, die Ärmel seines Hemdes hat er hochgekrempelt. Des langt. Holet en etzt her. Herr Müller und Herr Herbstetter zerren den schon steifen Jungen ans Loch und lassen ihn hinabfallen.

Die Szene vor dieser Szene.

Herr Teiler glaubt nicht an einen Tod durch Ertrinken. Noch in der Nacht, in der sein Sohn verschwindet, macht er sich auf die Suche. Zuerst oben auf dem Spittelsberg, weil er weiß, daß sich sein Junge oft dort herumgetrieben hat. Dort entdeckt er Robert, der sich an einem Ast aufgehängt hat. Er schneidet das Seil mit einem Taschenmesser durch. Kehrt zurück und benachrichtigt seine Freunde.

Nichts, was Reinhold danach über Roberts Verschwinden gehört hatte, ließ sich damit in Zusammenhang bringen. Wenn er später andeutungsweise seinen Freunden davon zu erzählen versuchte, schüttelten sie mit dem Kopf. De Herbschdetter. De Müller. Nie und nimmer, sagten sie. Di hettet sich doch i d'Hos gschisse, aber so, daß mers überall gschmeckt het.

Reinhold beugt sich hinüber zu Höfe. Fast wäre er von seinem Hocker gerutscht. Ich nehme an, für mich ist dieser Traum mehr und mehr zu einer Wahrheit geworden. Nicht, daß ich sie ernst nehme. Wenn ich alles klar und vernünftig vor mir selber darlege, weiß ich selbst, wie unsinnig das alles ist. Die drei, wie sie den Robert einbuddeln. Lächerlich. Aber sie gefällt mir, diese Wahrheit, weil sich durch sie alles so schön zusammenfügt. Natürlich wurde die Leiche nie gefunden, da hätten noch so viele Boote und Hubschrauber eingesetzt werden können. Natürlich sind die Eltern von Robert einige Monate später weggezogen. Wer wolle schon in einem Ort leben, in dem so vieles nicht nur an den Sohn, sondern auch an die eigene Tat erinnert. Der Vater hätte ja nicht mehr hochschauen können. Denn von fast überall im Ort hätte er dann den Spittelsberg gesehen.

Weshalb aber auch hätte sich ein Jugendlicher in einer solchen Gegend umbringen sollen, fragt Höfe nach.

Was weiß ich? Aus Lebensüberdruß. Aus Langeweile. Wegen der Kälte. Wegen der Seegemeinde.

Auf dem Nachhauseweg stützen sich die beiden gegenseitig. Reinhold wundert sich, daß Höfe immer noch hinkt. Der Unfall sei doch schon einige Zeit her. Wie der Robert. Der als Kind vom Heuschober gefallen sei. Reinhold kann sich Robert nicht ohne sein Hinken vorstellen.

Im Fernsehen wird ein Film vom Bodensee gezeigt. Eine Studentin liebt einen Bodenseekapitän. An einem sonnigen Sonntagnachmittag steigen sie in sein Segelboot. Gut steht der Wind. Lange schwimmen sie im See. Ein Close-up hält den ersten Kuß fest. Dann öffnet sich das Bild auf die Weite der Landschaft, zeigt die Sonne, wie sie glitzert, funkelt, blitzt im Wasser. Höfe ist der Kapitän. Zwanzig, fünfundzwanzig Jahre alt. Jung und stark. Von Bauch keine Spur. Er greift nach der Studentin. Ihre Luftblasen steigen nach oben. In den Blasen brechen sich die Sonnenstrahlen. Ich bin glücklich heute. Ich möchte mit dir über den Tellerrand des Sees hinausschwimmen.

Während die Liebenden einen Hafen ansteuern, zappt Höfe weiter. Hinein in einen Western, in dem ununterbrochen die Sonne untergeht. Die Geschichte ist einen Satz lang: Ein Fort wird von ausgehungerten Indianern gestürmt und die Besatzung getötet, weil ein sturer Kommandant nicht auf den Rat des kundigen Trappers Chuka hört. Zu Beginn des Films ist das Gemetzel vorüber. Eine Pistole, in den rauchenden Trümmern gefunden, bringt die Vergangenheit ans Tageslicht. Ein Tag mit angenehmen Temperaturen. Sonnenschein. Klar ist: Die Pistole hat Chuka verloren. Er selbst aber bleibt verschollen. Auch nachdem die Pistole die Geschichte erzählt hat.

Der Regisseur Douglas legt Wert auf Details. Weitausholende Schwenks verfolgen die Flugbahnen von Projektilen. Pfeile, Speere, Messer und andere Kriegsgeräte. Sie verfolgen sie bis zu ihrem Zielpunkt. Beim Inhalt ist Douglas weniger wählerisch. Fast wörtlich wiederholt er den seines Westerns von 1951: Bis zum letzten Atemzug.

Robert, den Höfe im Schlaf trifft, freut sich: Sie machen aus mir einen Westernhelden. Sie hängen mein Leben an das eines Ackergauls. Das gefällt mir. Höfe will wissen, ob an der Geschichte mit dem Selbstmord etwas Wahres dran ist. Sie sind Chronist, kein Polizist. Also, regen Sie sich nicht auf. Er sagt noch: In der Erinnerung wird alles eins. Die Bilder. Die Lektüren. Die Wünsche. Dann reitet er davon. Höfe schläft gut.

Höfe wird leicht an der Schulter gerüttelt. Jetzt sind Sie mir doch glatt eingenickt, sagt Friseur Uhl. Ich mache es noch ein wenig kürzer. Das sieht fescher aus.

Es habe sich herumgesprochen, daß sich Höfe für den Robert Teiler interessiere, der damals, zu Zeiten der Seegfrörne, plötzlich spurlos verschwunden sei. Er habe damals in unmittelbarer Nachbarschaft der Teilers gewohnt. Unten in der Schifferstraße. Das Bauernhaus: nahe an die Straße gebaut, langgezogen, schmal. Rechter Hand lag die Scheune, in der die Kühe und das Pferd untergebracht waren. Niedrige Decken, kleine Fenster. Nur wenig Licht drang durch sie herein. Der Garten, hinter dem Haus gelegen, war eine Attraktion. Man sah ihn am besten, wenn man mit dem Zug nach Überlingen fuhr, denn der Garten grenzte direkt an den Bahndamm. Hochgewachsene, knorrige Birn- und Apfelbäume wuchsen darin, dazwischen bunt durcheinander Blumen und Gemüse. Darin habe ausschließlich die Frau Teiler gewirtschaftet.

Die Landwirtschaft war Friseur Uhl seit langem ein Dorn im Auge. Der ewige Gestank, sommers wie winters. Nachdem die Teilers ausgezogen waren, hatte er zu lange gezögert. Ein anderer Bauer zog ein, blieb aber zum Glück nur ein paar Jahre. Da griff Herr Uhl kurzentschlossen zu. Ein Friseur verdiene zwar nicht viel, aber ein paar Mark habe er doch zur Seite legen können. Das Bauernhaus ließ er abreißen und, schon einmal dabei, das eigene Haus gleich mit.

Eines Tages ist für jedes Haus die Zeit gekommen. Da kann man umbauen und austauschen und streichen wie man will. Gewissermaßen bin ich zum Abriß gezwungen worden. Sonst wären die maroden Wände eines Tages auf mich eingestürzt. Vom Bauernhaus will ich gar nicht sprechen. Ein dunkles Loch war das, mehr nicht. Mehrmals stieß ich mir den Kopf an den niedrigen Decken. An die Stelle der beiden Häuser und des Gartens habe ich ein äußerst komfortables Mehrfamilienhaus gesetzt. Damals das Neueste vom Neuesten, heute selbstverständlich wieder aus der Mode. Im kommenden Jahr muß mit einer grundlegenden Renovierung begonnen werden.

Zur Gewohnheit von Friseur Uhl gehört es, mit seiner Frau nach Feierabend einen Spaziergang zu unternehmen. Und wenns Grotte hagglet. I brauch mei frische Luft. Das sei heute so. Das sei auch 1963 so gewesen. In den Wochen, bevor Robert verschwand, sei es abends im Stall immer laut zugegangen. Sie seien unfreiwillige Zeugen der Streitereien zwischen Vater und Sohn geworden, da die Scheune praktisch in die Straße münde. Man könne sagen: zum Zuhören verurteilt. Und das, obwohl er und seine Frau alles daransetzten, sich nur mit eigenen Angelegenheiten zu beschäftigen. Viel hätten sie nicht verstanden. Aber schon das wenige. Da seien ihre ohnehin von der Kälte geröteten Gesichter dunkelrot angelaufen.

9

So wird das Foto aussehen: Frau Müller wird am linken Rand stehen, den einen Fuß nach außen gespreizt, das Gesicht zum Flur gewendet, so, als sei sie dabei, aus dem Bildausschnitt der Kamera zu laufen, und gerade noch ist es dem Fotografen gelungen, sie auf dem Foto festzuhalten. Betrachter werden sagen, sie habe gar nicht auf dem Foto sein wollen, dabei ist sie mit ihren Gedanken allein bei ihrer Tochter und ihrem künftigen Schwiegersohn gewesen, die immer noch nicht mit dem Ankleiden fertig gewesen sind, obwohl es, als Höfe auf den Auslöser drückte, höchste Zeit für den Gottesdienst gewesen ist. Frau Müller wird auf dem Foto wie eine Fliehende aussehen, dabei hat sie nur nervös in den Flur hinübergespäht in der Hoffnung, die beiden tauchten in letzter Sekunde doch noch auf und drängten sich in die Mitte der Versammelten. Neben Frau Müller wird Anton stehen. Seine Hand auf ihrem Arm wird den Eindruck verstärken, daß Frau Müller mit dieser Fotografie nichts zu schaffen haben wollte. Betrachter werden die Hand als Aufforderung zum Bleiben deuten, vielleicht als Maßnahme für eine Person, die auf leise, eindringliche Worte nicht reagiert. Antons Blick wird starren Auges in die Kamera gerichtet sein. Er wird das Gesicht des alles Wissenden besitzen, dem weder die Vergangenheit noch die Zukunft etwas anhaben kann. Bernd und Margret werden auf der rechten Seite von Anton zu sehen sein. Leicht aneinandergelehnt werden sie dastehen, ihre Gesichter werden sie nicht der Kamera, sondern einander zugewandt haben. Eine Oase, ein Fremdkörper zwischen den anderen, wird es heißen. Auf die beiden wird eine Lücke folgen, die ihren Grund in Frau Müllers Hoffnung hat, das Hochzeitspaar erscheine doch noch. Diese Lücke wird Anlaß für Gerüchte sein, da sich auf ihrer anderen Seite die Familie aus dem Ruhrgebiet versammeln wird. Nicht alle: der Schwiegervater, die Schwiegermutter, die Geschwister. Die Lücke zeige, werden die meisten sagen, bereits die Kluft zwischen den beiden Familien, die sich auf dem Fest offen manifestiert habe. Im Grunde genommen sei aber diese Kluft von jeher dagewesen, das Foto habe also nur offengelegt, was von beiden Parteien zu vertuschen versucht worden sei. Schwiegervater und Schwiegermutter werden sich an der Hand halten. Der Schwiegervater wird ein breites Lachen in seinem Gesicht haben, das aber keiner als festliches Lachen auslegen wird. Er lache nicht in die Kamera hinein, sondern die Seegemeinde aus. Diesen Hinterwäldlern, besage dieses geradezu boshafte Grinsen, geschieht es recht, daß sie an einer Kloake wohnen. Die Schwiegermutter wird wegen ihres vor Aufregung oder wegen der Schwüle geröteten Gesichts eine Alkoholikerin genannt werden. Die Betrachter werden sich wundern, daß sie das Sektglas vor ihren Bauch gehalten und nicht auch während der Aufnahme den Alkohol in sich hineingeschüttet hat. Den Abschluß auf der rechten Seite des Fotos werden die Schwester und der Bruder des Bräutigams bilden. Ihre Korpulenz wird als typisch für Menschen aus dem Ruhrgebiet eingeschätzt werden, da diese Lebensmittel mit Pizza und Döner, im besten Falle mit Currywurst gleichsetzen.

Während der Aufnahmen haben die übrige Verwandtschaft aus dem Ruhrgebiet und einige aus der Seegemeinde hinter Höfe gestanden. Der entfernte Verwandte, den man in Frack, Zylinder, Fliege glatt für den Bräutigam hätte halten können, hat die Hochzeit zum Grundstock für ein eigenes Nest erklärt. Er als leitender Angestellter einer Bank habe jungen Verliebten immer wieder den biblischen Spruch mit auf den Weg gegeben: Wer sich heute kein Nest baut, baut sich keines mehr, und sei damit stets gut gefahren. Hinter diesem Kommentar hat sich in kürzester Zeit eine Schlange gebildet. Der Gemeindearbeiter, der, ohne eingeladen zu sein, vorbeigekommen ist, hat leise, aber für die Umstehenden verständlich, vor sich hin gemurmelt, das Nest sei für ihn ein Ort zum Abhocken. Und habe man sich erst einmal hingehockt, sei an ein Aufstehen, geschweige den Vorwärtskommen nicht mehr zu denken. Für ihn sei eine Hochzeit das Ende einer Geschichte, und ob eine neue anfange, sei für ihn mehr als zweifelhaft. Der Kioskbesitzer, der mit dem Gemeindearbeiter gekommen war, ist daraufhin in ein lautes Lachen ausgebrochen. Die zwei Cousins haben die Köpfe zusammengesteckt und von Liebesnestern getuschelt und wie gut dieses Wort doch zu dem passe, was darin vor sich gehe, nämlich das Vögeln. Während der Bankangestellte sich zum Kioskbesitzer und Gemeindearbeiter umgedreht hat mit den Worten, daß ihm Nestbeschmutzer, noch dazu uneingeladene, widerlich seien, hat die Tante den Sohn an den Haaren genommen und zur Seite gezogen.

Vielen Dank. Frau Müller geht auf Höfe zu, nimmt ihm die Kamera aus der Hand. Fürs Familienalbum. Des muß sei. Au wenn mer uns s'Brautpaar dazudenke möset. Jetzt mont mer aber los. Aber vorher lueg i mer nomol Ire Wunde a. Während sie Höfes Verband wechselt, klatscht der entfernte Verwandte in die Hände, mahnt zum Aufbruch.

In der Kirche steht Höfe andächtig hinten. Besser zu hören als der Pfarrer sind die Cousins und Geschwister aus dem Ruhrgebiet, die in die erste Reihe gesetzt worden sind. Leiser, aber aufgrund seiner Regelmäßigkeit ebenso störend tropft Wasser durch undichte Stellen im Dach in aufgestellte Eimer. Den Pfarrer macht beides nicht verlegen. Lassen wir den Kindern die Freude, sagt er zur Gemeinde und breitet die Arme aus, wann gibt es mehr Grund dazu als heute? Und die Regentropfen? Die passen sehr gut zu meiner heutigen Predigt. Denn das Brautpaar hat sich dafür die Geschichte von der Arche Noah als Motto gewünscht.

Die Sintflut sei der Gemeinde ein Begriff. Heute mehr denn je. Denn keiner wisse, ob die derzeitigen, inzwischen monatelang anhaltenden Regenfälle und Überschwemmungen bald vorüber seien. Viele befürchteten aber, daß dies erst der Anfang sei. Daß die Natur sich in ihren Startlöchern sammle, um dann eines Tages mit voller Gewalt daraus hervorzubrechen. Er selbst erlaube sich keine Prognose. Die Sintflut zu Zeiten des Propheten Noah sei vor allem ein Neuanfang gewesen. Ein klarer Schnitt, der das verrufene und verwerfliche Leben, das die Menschen damals führten, zu einem Ende gebracht habe.

Inzwischen ist dem Pfarrer das Treiben der Jugendlichen doch zu bunt geworden. Er unterbricht seine Predigt, geht ein paar Schritte nach vorne, von wo aus er die

Kinder mit ein paar knappen, für die Gemeinde nicht verständlichen Worten zum Schweigen bringt. Daraufhin rühren sie sich nicht mehr. Anton nutzt die Gelegenheit, um sich zu Höfe hinüberzubeugen und sich über den Starrsinn des Pfarrers zu beschweren, der so tue, als lese er täglich in der Bibel, tatsächlich aber seine Weisheiten dem Südkurier entnehme. Erst vor wenigen Tagen hatte er ihn auf seinen bevorstehenden Rezitationsabend aufmerksam gemacht und ihm bei dieser Gelegenheit erklärt, daß zuviel Wasser nur schade und prophylaktische Maßnahmen, also Dämme, absolut notwendig seien. Gegen die Verweise des Pfarrers auf Noah, die Arche, die Tiere, während denen er seine unter den Arm geklemmte Bibel hervorgezogen und darin geblättert hatte, hatte Anton darauf beharrt, daß Überschwemmungen für die Herstellung einer neuen Ordnung mehr als ungeeignet seien. Und davor gewarnt, die Bibel und, hatte er hinzugefügt, auch den Südkurier trotz all ihrer schönen Geschichten für jede Lebenslage heranzuziehen. Der Pfarrer war aber seinerseits von seiner Ansicht vom klaren Schnitt nicht abgewichen. Trotz Antons Warnung hatte er weiter aus der Bibel vorgelesen, in Wahrheit aber, davon ist Anton überzeugt, sinngemäß aus dem Südkurier zitiert. Die Worte vom Bund zwischen Gott und Noah.

Diese Sätze zitiert der Pfarrer jetzt auch, um dann fortzufahren: Der Bund zwischen euch, zwischen euch und Gott, wird ein neuer Anfang sein, eine Katharsis, wie schon ein Philosoph zu sagen wußte, die alles Vorherige unwichtig erscheinen läßt. Höfe wird erneut abgelenkt durch die immer lauter geflüsterten Worte Antons, der sich auch durch ihm zugeworfene strenge Blicke nicht bremsen läßt. Er hatte dem Pfarrer, während dieser noch am Zitieren war, die Frage zugeworfen, was denn gekommen sei nach diesem Bund: Unmäßiger Alkoholkonsum und heimliches Gaffen auf Geschlechtsteile. Mit diesen Worten hatte er den Pfarrer samt seiner aufgeschlagenen Bibel stehenlassen.

Die Cousins und die Geschwister des Bräutigams sind den anderen ein gutes Stück voraus. Sie springen in Pfützen trotz der Zurufe ihrer Eltern, sich die Sonntagskleidung nicht schmutzig zu machen. Immer wieder müssen das Brautpaar, die Verwandten und Freunde stehenbleiben. Hände schütteln, Glückwünsche in Empfang nehmen, sich umarmen lassen. Im Adler, kaum sitzen Gerda und ihr Ehemann, wird ein Korb Rosen über ihre Köpfe ausgeschüttet. Jeder sucht mit Hilfe der Tischkarten seinen Platz. Höfe hat seinen zwischen Frau Schwenk und dem leitenden Bankangestellten. Frau Schwenk will wissen, was mit Höfes Kopf passiert ist. Der Bankangestellte erklärt es ihr. So kommen die beiden ins Gespräch.

Alle Gäste bekunden ihren Hunger. Höfes Platznachbar aus dem Ruhrgebiet auch nach dem dritten Stück Schwarzwälderkirschtorte. Frau Schwenk schiebt das Kaffeegeschirr von sich und bestellt einen Wein. Sie sei auf Diät, verrät sie dem Bankangestellten über Höfe hinweg. Nur beim Alkohol mache sie heute eine Ausnahme. Nach Kaffee und Kuchen wird eine Tasse stehengelassen, um mit ihr und einem Löffel die Festreden anzukündigen. Das erste Wort hat der Schwiegervater. Der hat sich vorbereitet. Zieht beschriebenes Papier aus seinem Jackett.

Sie wissen, ich stamme nicht aus Ihrem Dorf. Ich bin im Ruhrgebiet geboren, dort aufgewachsen und werde dort das Zeitliche segnen. Wenn Sie den Namen dieses

Landstrichs hören, wird es Ihnen eiskalt den Rücken runterlaufen. Das hat seine Ursache in der geographischen Lage. Für Sie, das wurde mir von Ihnen auch bestätigt, liegt Essen im Norden Deutschlands, wie alles oberhalb von Karlsruhe. Sie dagegen wohnen im äußersten Süden. Wie mir der Bürgermeister gestern verriet: praktisch schon Italien. Ich gebe zu, verzeihen Sie meine Unkenntnis, bevor unser Sohn das erste Mal unsere jetzige Schwiegertochter ins Haus gebracht hat, habe ich den Namen Ihrer Seegemeinde mit einem anderen Ort in Verbindung gebracht. Ich dachte an BASF und Umweltverschmutzung, an nichts anderes.

In den vergangenen Monaten und Wochen habe ich mich ausführlich mit Ihrer herrlichen Gegend beschäftigt. Und ich sage Ihnen: Meine dadurch hochgesteckten Erwartungen wurden vollauf bestätigt. Ich habe gelesen: Am Bodensee ist das Land noch weit, die Häuser dagegen klein. Gestern dann bei meinem Spaziergang über Ihre Hügel und Felder und Wiesen. Irgendwann konnte ich von einer kaum nennenswerten Anhöhe auf Ihr Dorf blicken, eine leicht zu zählende Ansammlung von tatsächlich geradezu winzigen Häusern. Von den Bäumen in den Gärten, die jedes Ihrer Häuser umgibt, werden sie zum Verschwinden gebracht. Wie aus einer vergangenen Zeit. Ich stand dort auf der Anhöhe, und mir stockte das Herz bei soviel Kleinheit. Schon dieser Blick allein macht die Reise zu Ihnen zu einem ganz wunderbaren Ereignis.

Weiterhin habe ich gelesen, daß der Bodensee das drittgrößte Binnengewässer Europas und sein Wasser blau ist. Ich würde sagen, inzwischen ist Ihr See auf Platz zwei vorgerückt. Wenn nicht auf Platz eins. Das freut mich für Sie. Für mich jedenfalls ist es der größte See, und genauso werde ich von ihm zu Hause berichten. Und das Wasser ist blau. Der Reiseführer hat nicht gelogen. Vielleicht mit einem Braunstich. Was nicht am Wasser liegt, sondern am Wetter. Wie bei uns. Ich schaue aus dem Fenster meines zugegebenermaßen etwas feuchten Zimmers. Gut. Aber wer Feuchtigkeit nicht ausstehen kann, der soll sich nicht ans Wasser begeben. Ich schaue aus dem Fenster, denke mir den Regen fort und die Sonne herbei. Und schon ist es da, ein Blau wie aus dem Bilderbuch.

Daß ich hier stehe mit einem Taschentuch vor Mund und Nase, hat nichts zu bedeuten. Wissen Sie, ich bin die rauhe Stadtluft gewöhnt. Sie wissen: Ruhrgebiet. Auch wenn dort keine Kohle mehr abgebaut wird, ist die Luft dort, sagen wir, sehr künstlich. An Ihren äußerst natürlichen Duft, der vor keinem noch so geschlossenen Raum haltmacht, muß ich mich erst gewöhnen. Haben Sie ein wenig Nachsicht mit mir. Jetzt lüfte ich das Taschentuch für einen Augenblick, um mein Glas zu erheben auf das Brautpaar und auf Ihre mir immer in Erinnerung bleibende Gemeinde.

Anton ist während der Rede des Schwiegervaters unruhig auf seinem Platz hin und her gerutscht. Ihm ist von Frau Müller gesagt worden, daß er als nächster an der Reihe sei. Kaum ist der Applaus für seinen Vorgänger verklungen, nimmt er dessen Platz ein, kündigt an, daß er die Ballade eines großen Schriftstellers vortragen werde, in Prosa, mit einigen Variationen zudem. Das möchte er allerdings trotz des Wetters draußen tun. Ein wenig frische Luft werde außerdem niemandem schaden.

Ein leises Raunen geht durch den Saal, ist auch an den Tischen zu hören, an denen die Familie des Bräutigams sitzt. Obwohl Anton betont hat, daß seine Darbietung vor allem für sie bestimmt sei. Seien Sie versichert, hierbei können Sie etwas lernen, hat er seine Aufforderung, in den Regen zu gehen, abgeschlossen. Alle greifen nach ihren Schirmen, ziehen sich die Regenmäntel an.

Die Ballade von Gustav Schwab versetzt Anton ins Jahr 1963. Läßt sie in der Seegemeinde spielen. Damals haben in der Gemeinde viele Landwirte gewohnt. Aber nicht solche wie der Bauer Noah, der nur deshalb gearbeitet hat, um sich hinterher zu besaufen. Um halbnackt in einer Scheune zu liegen, und sich von seinem Sohn beobachten zu lassen. Hier sind die Bauern schon immer fleißig gewesen, dabei aber durchaus unternehmungslustig und mutig. Anton nennt Namen hier ansässiger Geschlechter von Bauern, deren Taten weit über den See hinaus bekannt geworden sind. Der Bauer, um den es hier geht, hieß Teiler. Er hat sich, als der See kurze Zeit zugefroren, aber noch nicht für die Bevölkerung freigegeben war, aufs Eis gewagt. Als zweiter, um genau zu sein. Hinter einem aus der Bodmaner Nachbargemeinde, der aber aus Feigheit eine Leiter vor sich hergeschoben und sich ausschließlich auf ihren Sprossen vorwärtsbewegt hat. Unser Bauer dagegen hat sich nach getaner Arbeit kurzerhand auf sein Pferd gesetzt, ist im Dunkeln mit Hilfe einer Taschenlampe nach Bodman geritten und dort in der Linde zum Abendessen eingekehrt.

Die Gäste hören Anton kaum zu. Am wenigsten die aus dem Ruhrgebiet. Die haben sich in kleinen Gruppen unter ihren Schirmen verteilt und eigene Gesprächsthemen gefunden. Höfe hält den Schirm über Frau Schwenk, die nicht nur ihr Glas, sondern auch eine Flasche Wein mit nach draußen genommen hat. Beim Herbstetter wisse man nie, wie lange es geht. Daher wolle sie vorsorgen. Anton unterdessen verknüpft den Ritt des Bauern mit historischen und allgemeinen Überlegungen. Von der Notwendigkeit des Fortschritts und von Traditionsverbundenheit ist die Rede. Von neuen Trieben, die auf Wurzeln und guten Boden angewiesen sind. Von Türken und Italienern, die sich damals, Anfang der sechziger Jahre, in das Dorf eingeschlichen haben. Mir hettets au ellong gschafft, ohne die Inegschmeckte, ruft er so laut, daß viele Gäste aus ihren Unterhaltungen auffahren. Als er ein Pferd ankündigt und eine Vorführung, wird es still auf dem Vorplatz. Wie bitte? ruft der Schwiegersohn. Anton wiederholt seine letzten Sätze, für diesen und für alle, die erst ab Pferd und Ritt des Brautpaars wieder zugehört haben.

Während das Brautpaar auf dem Pferd seine erste Runde dreht, zieht das Gespräch eigene Kreise. Pferde. Kühe. Hühner. Mist. Das alles gebe es noch immer in der Seegemeinde. Nicht mehr viele, aber immerhin. Heile Welt. Heimat. All dies gehöre zusammen, bilde eine Kette, die zerfalle, wenn auch nur ein Glied abhanden komme. Heimat sei, wenn man an einem Kuhstall vorbeilaufe. Aus dem der Bauer herausrufe: Mir sin am Uusmischde. Heimat sei der Hahn auf dem Misthaufen. Anton und der Bürgermeister sind am eifrigsten dabei, die Glieder der Kette zu mischen. Das Brautpaar hat andere Sorgen. Oben auf dem Pferd. Es reitet im Kreis. Hält sich aufrecht in den ersten Runden. Dann wird Gerda schlecht. Das liegt am Schaukeln. Das liegt am Pferdegeruch. Sie hält sich am Hals fest. Später an Händen, die sie beiseite bringen. Auch ihr Mann hat genug vom Reiten. Er rutscht vom Pferd. Wie seine Frau ist auch er naß und schmutzig. Trotz des Schirms, den er über sich und sie gehalten hat. Trotz der Decke, die auf dem Pferd lag. Das Gelächter ist groß, verstummt aber nach und nach. Als nur noch der Gemeindearbeiter und der Kioskbesitzer lachen, wird ihnen vom Schwiegervater zugerufen, daß irgendwann jeder Spaß ein Ende habe.

Margret und ihr Verlobter sind eng umschlungen an Höfe vorbeigetanzt. Ihnen ist der unermüdliche Schwiegervater auf dem Fuß gefolgt. Er hat Frau König im Arm gehalten. Den meisten Platz auf der Tanzfläche benötigen der Bankangestellte und Frau Schwenk. Ein ums andere Mal wird sie von ihm herumgewirbelt. Der Musikverein treibt das Fest mit viel Klarinetten und Trompeten zum Höhepunkt. Höfe, den Wein in der Hand, neben sich den schlafenden Max, schaut durch den dichten Zigarettenrauch wie durch Nebel auf das fröhliche Treiben. Er reibt sich die Augen. Immer wieder ist ihm, als werde ihm zugewunken. Der Lärm der Musik macht jedes Gespräch unmöglich. Einige legen die Hand an den Mund, scheinen ihrem Gegenüber etwas ins Ohr zu brüllen. Margret ihrem Bernd. Der Schwiegervater Frau König. Von Frau Schwenk hört er ein Wort: Seegfrörne. Sie sitzt ganz in seiner Nähe, zusammen mit ihrem Tanzpartner, und schreit dieses eine Wort mehrfach zu ihm hinüber. Doch dieser schüttelt nur den Kopf. Zuckt mit den Schultern.

Auf der Toilette, wo Ruhe herrscht, bekommt Höfe mehr mit. Während er in seiner Zelle sitzt, kommen der Bürgermeister und Anton. Benutzen die Pissoirs. Kunst beginnt im Detail, sagt Anton. Du wirst sehen. Diese Dorfchronik wird für die Seegemeinde von großem Nutzen sein. Trotz Robert Teiler. Der Bürgermeister ist weniger optimistisch. Tote ziehen keine Touristen an. Wenn, dann Fliegen. Überhaupt will ich nicht neu kalkulieren. Er kommt mir ziemlich langsam vor, dieser Höfe. Heute allerdings bringt er richtig Leben in die Hochzeit: Mit dem Turban sieht er zum Piepen aus. Anton: Wie ein Ölscheich. Aber wart mal ab. Schau dir das Kapitel an, und wenn's dir nicht paßt, wirf ihn raus. Ein Grund wird schon zu finden sein. Aber ich denke, du wirst einsehen, daß Höfe und seine Geschichte ganz gut zu gebrauchen sind.

Nachdem der Musikverein seine Aufgabe gelöst hat, schüttelt Frau Müller dem Dirigenten die Hand. Das wird fotografisch festgehalten. Danach wird ein DJ mit seinen Plattenkoffern nach vorne gebeten. Den Reinhold aus Konstanz mitgebracht hat und der die gute Stimmung ins Gegenteil verkehrt. Die Gäste flüchten nach draußen, unter das Vordach des Restaurants. Höfe stört es nicht. Er ist wieder einmal mit Margret zugange. An der Hand zieht er sie hinter sich her, und sie läßt sich ziehen. Wie es Wyatt Earp im Film Das Leben einer Legende gemacht hat. Das ist die Liebe, die richtige Liebe. Die Liebe, die wie ein Eichhörnchen den Baum hinaufschießt, dort ganz oben, nach zwei drei Zauberworten, ist sie ein Spatz, der fliegt auf den See hinaus. Gleichgültig sind der Liebe: die Taube, die Schwalbe, der Adler. Dann ins Wasser. Als Hecht. Übermütig tollt sie zwischen den Wellen, treibt kleine Fische vor sich her.

Er sagt ihr, daß es jetzt an der Zeit für ihre eigene kleine Hochzeit sei, während er ihr das Kleid aufknöpft.

Bist du denn glücklich? fragt sie ihn.

Earp schätzt, er sei so glücklich wie jeder andere auch. Er wolle ein bißchen Geld verdienen und vielleicht ein paar Kinder haben. Das sei seine Vorstellung vom Paradies.

Sie sagt: Meine nicht. Anständig sein kostet eine Menge Zeit. Ich will leben. Zimmerservice.

Earp hält sie trotzdem für eine Dame. Lange schauen sie sich in die Augen. Um die beiden herum viel Natur. Wasser, Bäume, Büsche.

Höfe wird in die Seite gestoßen. Kommst du mit? Wir gehen nach draußen. Lärm ist schön und recht, aber nicht so einer, sagt Anton mit einem Fingerzeig zum DJ. Max rafft sich ebenfalls auf. Unter dem Vordach erfährt Höfe, daß die kommenden Rezitationsabende gesichert seien. Der Bürgermeister habe ihm soeben weitere finanzielle Unterstützung zugesagt. Für eine gute Sache sei immer etwas locker zu machen, meint Herr König. Anton ist dabei, sein Projekt im einzelnen vorzustellen, als er mitten im Satz abbricht. Hört ihr, was die Schwenk diesem Affen aus dem Ruhrgebiet erzählt? flüstert er. Das kann ich nicht dulden.

Schon ist er neben Frau Schwenk, die von seinem Kommen nichts bemerkt. Ihre Stimme geht schleppend, wegen des Alkohols, der Diät oder beidem zusammen. So hoch war der Baum. Sie steht auf, hält ihren Arm über den Kopf, fällt in den Gartenstuhl zurück. Nehmen Sie sich etwas zusammen, zischt ihr Anton zu. Frau Schwenk bleibt eine Erwiderung schuldig, sie ist dabei, eine dem Fest angemessene Haltung im Gartenstuhl zu finden. Dafür raunzt der entfernte Verwandte, er unterhalte sich gerade mit dieser Dame und wolle dabei nicht gestört werden. Anton reagiert nicht auf den Einwand, wiederholt seinen Satz und setzt hinzu: Verstehen Sie? Frau Schwenk sitzt einigermaßen aufrecht. Sie lasse sich hier von keinem den Mund verbieten. Sie habe die gleichen Rechte wie er. Und nur weil er dem Bürgermeister bei jeder sich bietenden Gelegenheit in den Arsch krieche, müsse er nicht annehmen, daß sie sich bei ihm hinten anstelle, um das gleiche zu tun. Heute sage sie, was ihr passe. Auch, daß sich der junge Teiler oben auf dem Spittelsberg erhängt habe und daß einige aus der Seegemeinde bis zum heutigen Tag nichts besseres zu tun hätten, als diesen Selbstmord schönzureden. Jetzt reicht's aber, ruft Anton, greift mit der einen Hand nach Frau Schwenks Arm und schüttelt sie, mit der anderen versucht er, ihr den Mund zuzuhalten. Frau Schwenk schlägt nach Anton mit ihrem Weinglas, trifft aber den Bankangestellten, der mit einem Unterstehen Sie sich aus seinem Gartenstuhl heraus und zwischen die beiden gesprungen ist. Max humpelt knurrend heran, heftet sich an das Bein des Getroffenen. Bekommt dafür einen solchen Tritt verpaßt, daß er in eine Ecke fliegt und dort regungslos liegenbleibt.

Der Bürgermeister: Aber meine Herren. Meine Damen. Immer schön ruhig bleiben. Um die Streitenden versammelt sich ein Kreis von Neugierigen. Hier, so der Bankangestellte laut, während er ein Taschentuch auf die Platzwunde am Kopf preßt, müsse ein Skandal sondergleichen passiert und von einigen hohen Tieren in der Gemeinde vertuscht worden sein. Das läßt der Bürgermeister nicht auf sich sitzen: In meiner Gemeinde wird nichts vertuscht. Das ist noch nie passiert und wird nie passieren. Hier ist alles sauber. Kehren Sie vor Ihrer eigenen Tür.

Ehe Frau Müller und das Brautpaar auftauchen und die Streitenden mit Bitten und Flehen auseinanderbringen, fliegen noch einige böse Sätze zwischen den Parteien hin und her. Anton und der Schwiegervater werden handgreiflich. Sie halten sich verbissen umklammert, versuchen sich zu treten und zu beißen, bis Gerdas Ehemann sie auseinanderbringt. Sie Faschist, brüllt der Schwiegervater, während ihn sein Sohn ins Restaurant zieht. Anton schnauzt ihm schwer keuchend hinterher, daß er dabei bleibe. Die Rede sei eine Gemeinheit gewesen. Der Schwiegervater habe versucht, sie einzulullen mit seinen schönen Worten über die Seegemeinde, aber nur um damit um so hinterhältiger auf ihre jetzige, etwas mißliche Situation hinzuweisen. Das Taschentuch, das er permanent vor Mund und Nase gehalten habe, sei zudem ein untrügliches Zeichen für seine von Anfang an bestehende Mißachtung der Gemeinde gewesen.

Die Hochzeitsfeier hat die meisten Stunden hinter sich. Sie hat schon fast den nächsten Morgen erreicht. Türen und Fenster im Adler stehen offen. Durch sie dringen die klackernden Geräusche der Segelboote, die Schwüle, der modrige Geruch. Zwei Tische sind besetzt. An dem einen sitzen der Kioskbesitzer und der Gemeindearbeiter vor einer Flasche Korn und einer Partie Schach. An dem anderen Anton, der Bürgermeister und seine Frau, Bernd, Margret und Höfe. Anton hatte den leblosen Hund sofort zu einem Tierarzt geschafft, war dann aber wieder zum Fest gekommen. Er entkorkt eine Flasche Müller-Thurgau. Jetzt beginnt der gemütliche Teil, sagt er, fängt aber sogleich wieder an, mit wütenden Worten über die Gäste aus dem Ruhrgebiet herzuziehen. Angespornt wird er von allen anderen am Tisch. Höfe sieht, wie der Gemeindearbeiter und der Kioskbesitzer die Köpfe zusammenstecken. Er sieht die umgeworfenen Stühle, Zigarettenkippen, Essensreste, Korken und Rosen, die verstreut im Saal liegen.

Ob die Geschichte vom Bauern und dem Pferd wahr sei, fragt er Anton. Die sei erstunken und erlogen. Der Teiler hätte dafür nie seinen Ackergaul benutzt. Der hätte sein Kapital nie für so einen Dummejungenstreich aufs Spiel gesetzt. Aber diesen Idioten aus dem Ruhrgebiet könne man alles erzählen.

Höfe hat sich für den Festtag zurechtgemacht. Hat auf dem Spittelsberg gesessen. Durchs Fernglas auf das Nächstliegende gespäht. Wie sich die Regentropfen an den Grashalmen halten. Als Robert Teiler vorbeigekommen ist samt Eisscholle, haben sich's die beiden unter seinem Schirm gemütlich gemacht. Höfe hat sich die Hände vor den Bauch gehalten.

Teiler: So, unter uns, zwischen damals und heute besteht kein gewaltiger Unterschied. Später wird man sagen: Das Wasser hat diese Erinnerungen zusammengeschweißt.

Sagen Sie, wie viele Geschichten haben Sie über mich gehört?

Höfe will sie nicht zählen.

Sie haben sich für eine Version entschieden?

Die, die für alle zum besten sei. Zumindest für die Lebenden.

Daß Sie ein Lügner sind, stört Sie nicht?

Es sei die Wahrheit. Die Wahrheit, die zum Bodensee passe.

Ein Stück ihres Weges hinken sie zusammen.

Teiler: Für die früheren Kapitel werde ich wohl nicht mehr gebraucht?

Höfe verneint. Jedes Kapitel werde um eine andere Hauptperson geschrieben.

Sie werden sicher für jedes fündig werden.

Der Regen hat dem Weg zugesetzt. Höfe setzt, so schnell er kann, einen Fuß vor den anderen. Er hat sich verspätet, sollte schon bei den Müllers sein. Glitschige Stellen gibt es mehr als genug. Der Schirm bleibt an den Ästen hängen. Höfe an einer Wurzel. Mit dem Aufschlag auf dem Waldboden hat er die Zukunft vor sich. Die Bilder dazu leiht er sich aus einem Film. Darin wird das Ende angebahnt mit einem schnurgeraden Weg aus dem Wald hinaus auf ein offenes Feld. Keiner kommt ihm in die Quere. Er überquert das Feld, um auf eine Straße zu kommen, die links und rechts gesäumt ist von Bäumen. Auf dieser Allee ist er tagelang unterwegs. Unfehlbar in die eine Richtung. Ohne einen Menschen zu treffen. Am See steht ein Schiff bereit. Leinen los. Die erste Rast danach wird genutzt für einen Blick zurück. Der Himmel. Der See. Die Trennlinie dazwischen, kaum zu erkennen.

Vereinzelt treiben Wolken am Himmel. Dann taucht ein Mensch auf. Der Huber Franz, mit einer Leiter unterm Arm. Schlendert kreuz und quer durch das Blau. Macht halt auf einer Wolke, stellt seine Leiter senkrecht. Schaut nach vorn, geradewegs dorthin, wo sich Höfe befindet. Kurze Zeit danach spaziert der Dichter durch den Himmel. Wilhelm Schäfer. Genau so sieht er aus, wie ihn Anton beschrieben hat. Mit seinem Spazierstock zeigt er mal hierhin, mal dorthin. Bald hat auch er einen Platz gefunden, wo er, aufgestützt auf seinen Stock, verharrt. Immer mehr Menschen versammeln sich am Himmel. Zwischen den vielen Unbekannten kann Höfe Herrn Müller ausmachen, der sich eine Kamera umgehängt hat. Den Bürgermeister Kluge, der sich auf seiner Wolke zu Höfe hin verbeugt. Pfarrer Rurzer ist auch da, erkennbar an seiner schwarzen Pudelmütze. Schließlich zwängt sich der Viehhändler Fritschi samt einer Kuh ins himmlische Bild. So stehen sie beieinander, die Bekannten, die Fremden, so eng, daß vom Blau fast nichts mehr zu sehen ist. Nur in der Mitte lassen sie eine Lücke, ein kleines, kaum nennenswertes Loch.

RAMONA DIEFENBACH

Das Spiegelhaus

Roman
144 Seiten, Leinen mit Schutzumschlag
DM 34,00

*

Er ist Mitte dreißig, sympathisch, unauffällig; sie sind drei 14jährige Mädchen: Cora die Ballettänzerin, Angelika die Träumerin, Beatrice die Geschichtenerzählerin – drei Kinder an der Schwelle zum Erwachsenwerden. Sie mögen es, wenn Patrick sie von Ferne im Freibad beobachtet, lassen sich gerne nachstellen. Sie kokettieren mit dem seltsamen Charmeur und glauben, das riskante Treiben stets im Griff zu haben. Doch ihr erotisches Abenteuer schlägt um in ein Spiel mit dem Feuer, und unversehens sitzen die Mädchen fest in einem teuflisch gut gebauten Spinnennetz. Meisterhaft hält Ramona Diefenbach einen schwebenden, geheimnisvollen Ton und erzeugt eine dichte, magische Atmosphäre. Ganz allmählich fügen sich die Mosaikstücke einer Geschichte zusammen, die erst am Ende ihr ganzes Ausmaß enthüllt.

GEORGINA HAMMICK

Das Arizona-Spiel

Roman · Aus dem Englischen von
Tamara Willmann
416 Seiten, Leinen mit Schutzumschlag
DM 44,00

*

»Unsere Familie neigt zu Schwermut und Schwachsinn«, sagt Tante Hope eines Tages zu ihrer Nichte Hannah, als die beiden alte Fotos durchsehen. Und sie neigt zu Alkoholismus, Selbstmord und – was für die Zwölfjährige am schwersten wiegt – abgrundtiefer Häßlichkeit. Vor allem aber neigt sie zu Lügen und Geheimnissen – eine Familientradition mit Folgen, wie Hannah im Laufe ihres Lebens schmerzlich erfahren muß. Schonungslos, gewürzt mit einer gehörigen Prise Sarkasmus und Selbstironie, erzählt Hannah ihre Geschichte: die der traurigen, wütenden Mittdreißigerin, die mit Männern kein Glück hat und ihren fetten, hochintelligenten Sohn einfach nicht lieben kann, die des heranwachsenden Mädchens, die des kleinen Kindes. Mit psychologischem Feingefühl, scharfem Blick für Details und typisch britischem Humor berichtet Georgina Hammick vom Kriegsschauplatz menschlicher Beziehungen, von Demütigung und Verrat, von Rache und Vergebung und davon, daß Gefühle niemals nur schwarz oder weiß sind.

HUGO HAMILTON

Ein schlechter Verlierer

Roman
Aus dem Englischen von Georg Deggerich
272 Seiten, Leinen mit Schutzumschlag
DM 38,00

*

Irland hat sich verändert: Illegale ins Land zu schleusen bringt mehr ein, als bei Wind und Wetter rauszufahren und ein paar Makrelen zu fischen. Die gälische Sprache taugt nur noch für ein paar saftige Flüche oder als Geheimcode zwischen Gangstern. Der altehrwürdige Stepptanz ist zu Riverdance verkommen – neumodisches Iren-Aerobic. Die höchsten Lebensziele der irischen Gesellschaft sind Konsum und unbeschwerter Genuß.
Wer anders als der Polizist Pat Coyne, der letzte Held von Dublin, sollte sich der Spaßgesellschaft widersetzen? Wer sonst sollte Irland retten und die alten Werte zu neuem Leben erwekken? Coyne, der für das irische Wirtschaftswunder nur Verachtung übrig hat, nimmt unverdrossen den Kampf gegen Verbrechen, Korruption und Kapitalismus auf. Ironisch nimmt Hugo Hamilton das moderne Irland aufs Korn, aber auch die irische Tradition bleibt von seinem Spott nicht verschont. Pat Coyne ist eine echte Nervensäge, ein Spießer und ein weichherziger Pedant, dem Hamilton die Züge eines modernen Don Quixote verleiht.

HALLDÓR LAXNESS

Weltlicht

Roman
Aus dem Isländischen von
Hubert Seelow
Band 12 der Werkausgabe
664 Seiten, Leinen mit Schutzumschlag
DM 48,00

*

Olafur Karason ist ein Fremdling im Island der dreißiger Jahre. Einer auf das bloße Überleben ausgerichteten Welt setzt Olafur die Schönheit der Literatur entgegen. Er durchquert weite Teile des Landes und verkehrt mit Menschen aus allen Gesellschaftsschichten. Mit liebevoller Zärtlichkeit, Spott und Ironie, aber auch mit bitterer Ablehnung werden all ihre Lebensgewohnheiten und Eigenarten beleuchtet.
Dieser Künstlerroman des isländischen Nobelpreisträgers war bisher nur in einer sprachlich veralteten deutschen Übertragung vorhanden. Mit der Neuübersetzung von Hubert Seelow liegt jetzt die lang erwartete Fassung innerhalb der Laxness-Werkausgabe vor.